あおとさくら
Ao & Sakura
伊尾微
Kasuka Io
illust. 椎名くろ

「あお君も高校生だよね。何年生？」
「あお君って呼ぶな。……二年生だけど」
藤枝《ふじえだ》蒼《あお》
高校2年生。

日《ひ》高《だか》咲《さく》良《ら》
高校2年生。
「私の名前、教えてあげよっか」
「いいよ、別に」

「だから、今日私としたこと思い出してよ」

「いきなり呼び出されて
映画館に連れて行かれ、
その後美術館に行って……」
「そう。それを俗に何て言うか、知ってる？」
「拉致？」
「ばか」
日高さんは少し間を開けて、小さく息を吸い込んで言う。
「デートっていうんだよ」
まるでいたずらの種明かしをするかのように、
日高さんは笑った。

顔を見られたくなくて、
彼女の半歩前を歩く。

彼女の歩くペースに
合わせることは意識したままで。

CONTENTS

あおとさくら

伊尾 微

GA文庫

カバー・口絵・本文イラスト
椎名くろ

1 さくらの季節

Ao & Sakura Section 1

すでにピークを過ぎた桜の花が、風に煽《あお》られて宙を舞う。つい先日まで綺麗《きれい》な花をたくさんつけていたのに、と思うほどに物悲しい。それでも桜は美しく立ったまま、道行く人を見守っていた。

浮き足立つ生徒たちは春の柔らかな日差しの下、楽しそうな笑みを浮かべている。

絵に描いたような清々《すがすが》しい新学期の風景だ。

クラスも変わり、新たな人間関係を構築していく環境に胸を躍らせ、それを糧に青春を彩《いろど》っていく。そんな教室内には明るい声が飛び交い、ホームルームまで止《や》むことはなかった。

始業式の日程は午前中には終了し、昼過ぎには下校時間となる。

春の陽気に当てられ全体的に気分が高揚して浮ついた学校に胸やけがしてきた僕は、その日の日程が終わり次第、逃げるように校門をくぐって学校を後にする。

マイノリティとはいえ、そういった生徒は一定数いるし、僕だけが特段目立つわけではない。同じクラスの人間が誰《だれ》でどんな人物でどういったコミュニティが形成されていくのか、なんて僕にとってはどうでもいいことだ。

どうせ、関《かか》わることなんてほとんどないのだから。

毛色が違うだけで、僕も普通の高校生の一人だった。

見晴らしの良い土手をゆらゆらと歩いていく。どこもかしこも春色に染まって、浮き足立った雰囲気が漂っているけれど、別に春自体が嫌いなわけじゃない。のどかに晴れた青空の下を歩くのは気持ちが良いし、春の匂《にお》いは好きだった。

麗《うら》らかな空の下をぼうっと歩くのが、僕にとっての春の楽しみの一つだ。

段々と自分が世界に溶け込んで、その輪郭が曖昧になっていく感じがして。あまりにはっきりとした境界は、ただ自分を苦しめるだけだから。

白い雲が流れる方向に歩いていくと、目的地である図書館に着いた。

この公立図書館は蔵書数こそさほど多くないものの、妙に目を惹《ひ》く特徴的な本が多く置いてある。僕はその選定基準が気に入っていた。

それに、この図書館は一年を通して人が少なく、生い茂った木々に覆《おお》われて陰った建物が、僕にとっては魅力的だった。ある種、ここは僕にとっての隠れ家だ。

ここには一年半ほど前から通っている。

僕は部活にも入っておらず、塾にも通っていなかったので、放課後は専《もっぱ》らここで読書に耽《ふけ》るのが習慣だった。ほとんど毎日ここに通っているので、図書館の人も僕のことを空気みたいな存在だと思い始めているかもしれない。もしくは図書館の精、いや、どちらかと言えば妖怪か。

入館すると、迷うことなく本棚の隙間《すきま》を縫って館内の突き当たりまで進む。館内奥にひっそりと設置された四人掛けのテーブルが、僕の特等席だ。右手側、窓際の席にスクールバッグを置いておく。

ただでさえ人の少ない図書館だから、この席が埋まっていることは滅多《めった》になかった。まるで僕の為《ため》にこの席が設けられているみたいで、どこよりも居心地の良い場所だ。

いつものように本棚を回って、何冊か小説を見繕って席に着く。

小さい図書館なので一年半も入り浸っていれば、どこの棚にどんな本があるのか、大抵のことは記憶してしまっていた。この図書館に限っては僕はソムリエぶったことができる。だけど、それを披露する相手がいないのが残念だ。

持ってきた本のページをめくると、僕はすぐに本の世界に沈んでいく。なぞった文章が意識に流れ込んできて、物語を脳が補完していく。いつもの通り、僕は本を読み耽っていた。

本当に集中して読んでいると時間を忘れてしまい、閉館時間が近づいて職員さんに声をかけられることも多々あった。それほど、本の中の世界は僕にとって魅力的だった。

平日の昼間ということもあって、いつにも増して館内は静かだった。たまに聞こえてくる足音や物音が心地良く、平穏を象徴したような時間だ。

しばらくその時間に浸っていると、僕の意識をかき乱すノイズが聞こえてきた。

たったた、たたったた、たったった。

僕の意識は徐々に本の世界から遠のいていく。

誰だ、図書館でこんな軽快な足音を響かせているのは。

開いていた本にスピンを挟んで閉じる。足音の主《あるじ》はすぐ近くにいるみたいだ。自分の居場所を荒らされているみたいな気分だった。というか、普通に図書館の利用法として正しくない。

文句の一つでも言ってやろうか、と僕は振り向く。

「ここ、座ってもいいですか?」

僕が振り向いたのと同時に、足音の主であろう少女は声をかけてきた。周りにはこの少女以外人は見当たらない。声をかけようとした矢先に逆に話しかけられたことで、僕は戸惑い小さく呻《うめ》くような声を漏《も》らした。

制服に身を包んだ少女は、僕の顔をじっと見ている。着ている制服から、同じ町にある私立の進学校の生徒であることはわかる。

「おーい、聞こえてますか?」

少女は僕の顔を覗《のぞ》き込むように尋ねる。僕はその視線を切り、黙って頷《うなず》いた。

僕は手元の本に顔を向けたまま、正面の席に腰かけた少女をちらと見る。色素の薄い茶色がかった髪は肩にかかっており、肌は雪のように白い。ぴんと伸びた背筋と、すらっと長い指に飾り気のない爪《つめ》。つくりものの人形のように綺麗な子だ。

なんなんだこいつ。

疑問は溢《あふ》れんばかりに僕の頭をぐるぐると巡っていた。どうして僕の前に座る必要があったんだ。席ならいくらでも空いているだろうに。普通の人間なら混んでいない限り、知らない人のいる席にわざわざ座ったりしない。というか、どうして図書館であんな軽快な足音を立てていたんだ。上手《うま》く現状を処理できなくて、文句を言ってやることもできなかった。

今までこんな子を、図書館で見かけたことがあっただろうか？

記憶を辿《たど》っても、いまいちぴんと来ない。そもそも僕はあまり他人を見ないから自分の記憶は頼りにならなかった。

いつもの一人の空間に、知らない人間が一人座っている。まるで自分の部屋に正体不明の異物が居座っているかのような不安が僕を襲った。あまりの居心地の悪さと消化しきれない疑問から、僕は少女に問う。

「何でここに座っているんですか」

嫌みっぽい言い方になってしまったかもしれないけど、仕方がない。僕の正直な感想だった。

「……本を読みたいからだよ。だってここ、図書館でしょ？」

少女はふふっといたずらっぽく笑う。向けられた笑顔に、僕は少しそわそわした。

「それは見ればわかります。何でわざわざこの席に」

「ここに座りたかったから座っただけだよ、窓際で気持ちがいいし。君だってそうでしょ？」

確かにそうなんだけど、普通の感覚ならいくらでも席が空いているときにわざわざ人のいるところには座らないと思う。僕は特に言い返す言葉も見つからず、黙り込んで手元の本に視線を移す。変な奴《やつ》に絡《から》まれてしまったものだ。

結局その子は閉館時間が近づく頃まで僕の向かいの席に居座っていた。

案の定、落ち着いて本を読むことができなかったし、目の前の少女は何か裏の目的を隠し持っているんじゃないかという考えが巡ってどうしようもなかった。

少女の登場によって、この日の特等席は自分の居場所としての機能をまるっきり失っていた。とんだイレギュラーだ。

まあ、どうせ今日だけの問題だろう。明日になればこの席はいつも通りの平穏を取り戻しているだろうし、運が悪かったと諦《あきら》めることにした。

明日には普段通りの日常が戻ってくることを切に願う。学校にも、自宅にも、自分の居場所と呼べる場所がない僕にとって、この空間はなくてはならないものだ。

僕が本を書棚に返して戻ってくると、そこにはもう誰もいなかった。満足したのか飽きたのかはわからないけど、帰ったのだろう。結局、初めに言葉を交わして以降、話しかけてくることはなかった。本当に、ただあの席に座りたい気分だっただけなのだろうか。

さっきまでの息苦しさをため息に乗せて吐き出す。外に出ると陽《ひ》はほとんど落ちていた。ゆっくりと、今日出会ったあの子について考えながら帰路に就く。他人のことをこうして考えるのは、いつ振りだろうか。

町を歩く人たちを見やれば、そのほとんどがそれぞれの帰路に就いている様子だった。買い物帰りでレジ袋を持った主婦、かつかつと革靴を鳴らすサラリーマン、自転車に乗り集団で通り過ぎていく小学生。

皆、自分の帰るべき場所に帰っているのだ。僕は違う。僕だけが世界に取り残されているみたいだった。

吐き出すあてのない気持ちから目を背けるように、ただ薄暗く染まった空を眺めて帰った。


次の日の放課後、図書館に行くと昨日のあの子がいた。

僕より早く、しかも僕がいつも座っている席に。

僕の心中など気にもしないように少女はまた声をかけてくる。

「あっ、また来たんだ」

まるで友人に向けるような笑顔だ。また来たんだ、ってそれはこっちのセリフなんだけど。

底抜けに明るいその笑顔に、僕は苛立《いらだ》ちを覚える。

笑いかけてくる少女を無視していつもの席を通り過ぎ、少し離れた席に座る。座り慣れない席で少し落ち着かないけど、仕方がない。

僕が座るとすぐ後を追いかけてくるように少女もやってきて、隣の席に腰を下ろす。

「……何でそこに?」

「何でって、別にどこに座ったって自由でしょ?」

からかうように少女は言った。

僕のことを馬鹿《ばか》にしているんだろうか。

僕は鞄《かばん》を持って、空席になったいつもの場所へ向かう。いつもの席は取り戻したけど、やっぱり少女は僕についてきて、向かい合う席に腰かけた。新手のストーカーか何かだろうか。

「何で逃げるの?」

「ここ、いつも僕が座ってる席だけど、君がいたから仕方なくあっちに行ったんだ。そしたら君がついて来ていつもの席が空いた。だから戻ってきた、それだけだよ」

ふうん、と少女は不思議そうに息を漏らす。不思議な思いをしているのはこっちの方だ。

「何でついてくる」

僕は問う。なぜ逃げるのか訊《き》かれたけど、意味のわからない女子につきまとわれたら逃げるのも当然だろ、と心の中で毒づいた。

「さて、どうしてでしょう」

彼女はにやりと笑って、手元の本を開いた。

もう、相手をするだけ時間の無駄だ。放っておけばどこかに行くだろう。……と思ったけど昨日もこいつは居座り続けたんだった。

「どうして今日もいるんだ」

　再度、僕は問う。

　いい加減、彼女の不可解な言動に頭を悩ますのも疲れてきた。

　今日になればまたいつもの静かで落ち着く場所に戻っている予定だったのに。誰にも邪魔されない場所だったのに、どうしてこんなことに。まったく、はた迷惑な奴だ。

「だから、本を読みに来たんだってば。それ以外に図書館に来る理由ってないでしょう?」

　とぼけた調子で彼女は言う。まあ、もっともな回答ではあるけど。

「いや、僕が訊きたいのはだな、どうして僕と同じテーブルに着くのかってことなんだよ。席なら余りに余っているじゃないか。どうして他人がいる席をわざわざ選ぶんだよ」

「何となくだよ。一人で読んでたって……何だか寂《さび》しいでしょ」

　彼女は持っていた本を開いたまま机に置いて、僕の目を見る。

　大きな目だ。何を食べていたらこうなるんだってくらい、透明感があって目鼻立ちも整っている。

　何となく目を合わせていることが憚《はばか》られて、僕はすっと視線を逸らした。元々人と目を合わせて話すのは、そんなに得意じゃない。

「普通は一人で静かに読むもんなんだよ。君の感覚がずれてるんだ」

「普通って誰が決めた普通なの。君の言う普通は本当に普通なの?」

なんなんだ本当に。どうしてこんな屁理屈《へりくつ》を押し付けてくる必要があるんだ。

厄介な人間に絡まれてしまった。だけど、僕はこの場を意地でも離れたくなかった。ここで負けたら、この図書館から居場所を奪われてしまうかもしれない。この場所だけはどうしても譲れなかった。

「いいか、大前提として人に迷惑はかけちゃ駄目なんだ。僕は君が付きまとうから、困っている。じゃあ、どうすればいいかわかるだろ」

「うん、わかるよ。ごめんね、うるさくして。静かにするからもう気にしないで」

そう言って少女は置いていた本を取り上げて、続きを読み始めた。

自分の席は取り戻したものの、本来の目的はそこじゃなかった気がする。けれどあまりに不毛なやり取りをしたせいで、僕も段々どうでもよくなってきていた。

渋々、少女が僕の前に居座り続けることを黙認して、昨日読みかけだった本を取りに行った。本を持って席に戻ると、こちらをちらと見た少女と一瞬だけ目が合う。慌てて本に視線を戻した彼女を見て、僕は目を細めた。何を考えているのか知らないけど、集中した振りをしているだけなのはわかる。

少女の意味不明な動きを無視して席に着き、僕は持ってきた本を開く。館内は今日も静かだった。気づけば僕は物語に没頭して、顔を上げた時には二時間近く経過していた。

どうしてか、昨日と同じシチュエーションなのに集中して読むことができた。

流石《さすが》に二日続けて居座られると、僕の方が慣れてきたのかもしれない。変に意識しすぎないことが重要なのだろう。目の前に人型のオブジェがあると思えばいいのだ。

それどころか意外なことに、他人がページをめくる音や衣擦《きぬず》れの音が妙に心地良く感じた。会話は噛み合わなかったけど、こうして静かに過ごす時間はどうしてかしっくり来ていた。

時間が過ぎ、今日もまた日が暮れていく。窓の外を見れば、図書館から少し離れたところを車両の少ない電車が走っている。夕日に照らされて複雑な色味に染まった雲は、薄暗い空を風の吹くままに流れていった。世界が陽の光に溶けていき、混ざることで夜の黒を作っているんじゃないだろうか。だからこそ、それが混ざり合っていく夕暮れは高揚感に近い不思議な感覚を持って心に沁《し》み込んでくる。

「日、暮れてきたね」

少女も僕と同じように窓の外を見やって言う。二時間振りに聞いた彼女の声は、今までの印象とどこか違うように聞こえた。

その顔が窓から差し込む夕暮れの微《かす》かな光に当てられて橙《だいだい》に染まる。

綺麗だな、と思った。

別に顔の良し悪しの話ではない。ただ単純に、存在として、造形として、光景として、綺麗だなと思った。日が暮れていくにつれて、光は彼女の顔から輪郭を沿うようにして消えていく。

外が夜に染まった頃、彼女はまた口を開いた。

「私の名前、教えてあげよっか」

今度は僕の中にある印象のままの笑顔と雰囲気だ。

「いいよ、別に」

どっちでもいいなら教えてあげよう、と彼女は得意げに言う。こういう意図は読み取れるんだな。どこまでがおふざけでどこからが真剣なのか、いまいち掴《つか》みどころがない。

「私は日高咲良《ひだかさくら》。この春で高校二年生になったの。部活は入っていなくて、趣味は……散歩？」

「ご丁寧に訊いてないことまでどうも。というか、何で疑問形なんだ」

部活をしていないのは少し意外だった。活発そうだからてっきり運動部にでも入っているのかと。いや、よく考えたら部活をしている人間が放課後にこんなところで時間を潰《つぶ》すことはないか。趣味が散歩っていうのも取ってつけたようなもんだろうし、実質彼女のことは名前と学年のことだけしかわからなかった。

「ねえ、君の名前も教えてよ」

僕は渋ったけど、答えない理由も後ろめたいこともないので、教えておくことにした。

「藤枝蒼《ふじえだあお》」

「へえ、ふじえだあお君か。綺麗な名前だね」

どうも、と答えておく。面と向かって名前を呼ばれるのが、どうにもむず痒《がゆ》く感じた。あまり顔に出るタイプじゃなくて助かった。

「あお君も高校生だよね。何年生？」

「あお君って呼ぶな。……二年生だけど」

「あっ、じゃあ同い年だね！」

僕はしいっと口元で人差し指を立てる。閉館時間が近いとはいえ、大きな声を出していいわけではない。僕と同じように人差し指を口元で立てた後、日高咲良は話を広げようとする。また大きな声を出されて職員さんに注意を受けるのも申し訳ないので、外で話そうと彼女に告げて、僕たちは図書館を後にする。ここで話を終わらせなかったのが僕らしくないことに、外で話そうと告げてから気がついた。

日高さんは自転車で来ているらしいので、駐輪場に向かうことにした。街灯にぼんやりと照らされた下で、彼女は話の続きを始めた。風が僕らの間を通り抜けていく。春の風はまだ少し肌寒い。

「藤枝君は部活とか入ってないの？」

「いいや、入ってない」

「だよね、そんな感じするよ」

納得したように彼女は頷く。僕が部活に入っているような人間に見えないということか。だとしたら失礼な話だけど、事実だから言い返せない。

「じゃあ、藤枝君。趣味は？」

一体何のインタビューなんだろうか。彼女は僕の顔にマイクを近づけるように握った手を突き出してくる。僕はそれを軽く払いのけ、答える。

「読書」

「うーん、そのまんまだね」

そのままで何が悪い。

「いつも図書館にいるの？」

「そうだよ」

「飽きないの？」

「飽きないよ」

落ち着いて過ごせる唯一の場所と言っていい所に、飽きるも飽きないもない。それに、僕には本当に読書以外の趣味がないのだ。自分でもつまらない人間だとは思うけれど。

そんなつまらない人間に、日高さんはまた質問を投げてくる。そっちこそ、これだけ素っ気ない返事をされて飽きないのだろうか。

「ここの図書館気に入ってるんだね。学校の図書館じゃ駄目なの？」

「蔵書数が少ないんだよ。それに、学校の図書館は勉強する振りをしている人やカップルたちが蔓延《はびこ》ってるだろう。あんまり居心地の良い空間とは言えないな」

「随分変わった見方をするんだね」

日高さんは苦笑する。

「それ、嫌みだろ」

「オブラートに包んでるんだよ」

実際図書館は本を読むための施設なんだから、僕が言っていることは間違ってはないと思うけど。まあ、捻《ひね》くれていることもちゃんと自覚してはいる。

「人には人の青春があるんだよ、あお君。青春といえば、あお君は青春してないの？　あおだけに」

おやじギャグかよ。僕は眉《まゆ》をひそめて答える。

「あおはそのあおじゃないし、青春をするつもりも、できる気もしてない。というか、その呼び方やめろって言ったろ」

まあまあ、と日高さんは僕をなだめるように手を振った。

「青春の青じゃないんだね。話は変わるけど、何で青い春で青春なんだろうね。どっちかというと青春のイメージはピンク色に近いと思うんだけど。皆疑問に思わないのかな」

「多分だけど、ほとんどの人がそんなこと気にもならないくらい各々の青春を生きているからだと思うよ」

「なるほど」

ふむふむと日高さんは頷く。さっきから身振り手振りがいちいち大げさな気がしている。つまりは動きがうるさいのだ。

「で、どのあおなの？」

「草冠に倉、で蒼だよ。というか、自分で話を変えたんだろ」

「いやあ、冗談だよ。ごめんね」

ははははと笑って日高さんは誤魔化《ごまか》す。不自然なくらい陽気な人だな。まあ女子高生なんてこんなものか。学校で人と関わろうとしない僕は、周りがどんな調子で人と話をしているのかを見失っていた。

「それにしても、藤枝君笑ってくれないね。早く打ち解けようと結構頑張ったんだけどな」

「一連の不可解な言動は狙《ねら》ってたのかよ……。だとしたら随分空回ってたし、あんなわかりづらい冗談で笑う人はいないだろ」

「うーん……、上手くいかないものだね」

残念そうに笑う日高さんを見ていると、くすりともしなかった自分が悪い気がしてくる。笑えないのも、仕方ないことなんだけど。

日高さんは顎に手を当てて何かを考える姿勢をとる。一体何を考えているのかわからないが、僕はそれを見守ることにした。しかし考え込んだのも束《つか》の間で、日高さんは何気なく言った。

「どうやったら藤枝君は笑ってくれるのかな」

「別に、打ち解けるだけなら笑わなくてもいいだろ」

なんか目的がすり替わってないか？　変人の思考は僕には理解できない。

「それもそうなんだけど、どうせなら笑ってくれる方が嬉《うれ》しいでしょ？　ねえ、藤枝君はどうやったら笑ってくれるの？」

日高さんは繰り返す。

どうやったら笑える、か。本当は話すつもりなんてなかったんだけど、春の夜に惑わされたせいか、それとも心のどこかで日高さんになら言っても大丈夫だと思ったのか、気づけば僕は口を滑らせていた。

「残念だけど、僕は笑えないんだ」

日高さんは一瞬目を丸くして言葉に詰まる。それもそうだ、急にこんなことを言われたって、困るに決まっている。

「……笑えないっていうのは、つまり笑えないってこと？」

「ああ、そうだよ。僕は笑えないんだ」

「日常で面白《おもしろ》いことがあっても？」

僕は首肯する。

「お笑い番組を見ても？　面白いアニメや映画を見ても？」

再び首肯する。

「どんな小説や物語を読んでも？」

全てに頷く。

「文字通り、笑えないんだよ。信じられないかもしれないけど」

別に、信じてほしいとも思わない。

何を見ても、何が起こっても、くすりとも笑えないなんて、普通じゃないから。ある時期をきっかけに僕はそうなった。面白いことがあっても、自分の中でそれに反応する部分が欠けてしまっている感じがして、笑えない。表情にも出ないし、まるで笑いに関する感情の出力口に蓋がされてしまったみたいに、僕はそれを失ってしまった。

「苦笑いとか、泣き笑いとか、愛想笑いも？」

「そうだよ。呪《のろ》いみたいなもんさ、自分でもおかしいと思うよ」

言ってから、少し後悔した。出会って二日目の人間にいきなりこんなことを打ち明けられたって、冗談にしか思えないだろう。痛い人だと思われても仕方がない。

僕がこれを彼女に話したのは多分、ただ抱えているものを吐き出したかったからに過ぎない。もう随分、誰にも話していなかったのに。仮に誰かに話したとして、気を使わせたり憐《あわ》れみの目で見られるのはわかりきっている。

酷《ひど》い言い方をすれば、ちょうどいいところに、ちょうどいい関係性の日高さんが現れたから利用しただけ。

これから先、何度顔を合わすのかもわからないし、今日が終わればもう会うこともないかもしれない。学校も違うから、どちらかが図書館に来なくなれば終わってしまう関係だ。そんな関係性だから、僕はきっとこぼしてしまったのだ。

「変な話してごめん、忘れてくれ」

こういう時に誤魔化すための愛想笑いもできない自分が、心底滑稽に思えてくる。

日高さんは少しだけ俯《うつむ》いて、何かを考えているみたいだった。なんと答えればいいか迷っているのだろう。

僕がじっと彼女の反応を待っていると、日高さんは急に顔を上げてふふと笑い、沈黙を破った。

「やっぱり君、変な人だね」


それから日高さんは僕にいくつかの質問をした。

その全てが僕が笑えない、ということに関するものだった。僕はそれに一つずつ、ちゃんと答える。

中学二年生の夏、それまで当たり前に笑えていたのに、急に笑えなくなったこと。友達は心配してくれたけど、気を使わせるからと自分から少しずつ離れていったこと。どちらかと言えば明るかった性格が、段々と内向的になっていったこと。もう人間関係で相手も自分も失望させないために、人と距離を置くようにしたこと。そうすることで、たくさんのことを諦めたこと。諦めることに慣れてしまったこと。

内側に溜《た》まっていたものが決壊して流れ出すように、僕は自分の身に起こったことを日高さんに吐き出していった。

全くもって面白い話でもないのに、日高さんは真剣に聞いてくれた。それどころか、どこかしらに興味を持ったらしく、むしろ彼女の方から臆することなく僕に質問を投げかけてくれた。思ってもない反応だった。大抵の人は、変に気を使ったり、僕の言っていることを冗談だと思って無理にでも笑わせようとしたり、藤枝蒼は変人で暗い奴であるとからかったりする。

だけど日高さんの反応はすごく新鮮だったし、僕からすれば疑問で仕方のないものだった。それでもこうして話を聞いてくれて、僕の心は少しだけ救われた気持ちになりつつある。自分ではもう慣れたつもりでも、弱い部分は弱いまま残っていたらしい。

彼女は僕のことを変な人だと言った。だけど僕からすれば、こんな唐突で厄介な話をされても真剣に聞いてくれる日高さんの方がよっぽど変人だと思う。

一通り話したところで、猛烈に自分がべらべらと喋《しゃべ》ってしまったことが恥ずかしくなってきた。僕はほぼ初対面の子に何を話しているんだ。自分の悩みを打ち明けることで楽になろうとしていたのかもしれない。

僕が自己嫌悪で頭を掻《か》きむしっていると、日高さんは優しく笑って僕を見た。その表情に少しだけたじろいでしまう。

「じゃあ、藤枝君……私が君を笑わせてあげる」

「え？」

あまりに唐突な申し出に、僕は間の抜けた声を出してしまう。多分、他人が見たら笑ってしまうくらい啞然《あぜん》としていたと思う。

「笑わせるって、いや」

「ん？　駄目なの？」

日高さんは首を傾《かし》げて不思議そうに言った。

「だから、僕は笑えないんだよ。今更笑いたいと思ってるわけでもないし……話聞いてたのか？」

「もちろん聞いてたよ。その上で、私は藤枝君を笑わせてみたいの。だから、もう一度藤枝君が笑えるようになるまで、協力する。私、これでも頑固だから。決めたことは曲げないの」

満面の笑みでそう言ってくるけど、口振りからして僕の了承なんて無視して強行するみたいだ。変人どころじゃない、こいつ大変人だ。

「だから無理だったんだって。僕だって色々やってみたけどさ、もう自分の中で諦めはついてるんだよ」

「本当に諦めついてるの？　本当の本当に、もう二度と笑えなくていいの？」

初めて見る日高さんの強い圧に僕は簡単に押し負ける。何で他人ごとにそんなに首を突っ込んでくるんだ。日高さんには何も関係のないことじゃないか。

「そ、それは……」

僕が答えを迷っていると、日高さんは再びにこやかに笑う。表情の切り替わりにメリハリがあり過ぎて少し怖い。穏やかな微笑みを保ったまま、彼女は言う。

「私にも手伝わせて、ね？」

僕は大きく息を吐いて空を見上げる。今日の空は雲が少なくて浮かぶ星々が明瞭に見えた。どうせ、変人の気まぐれに過ぎないんだろう。断ったって難癖《なんくせ》付けて首を突っ込んでくるのだろうし、勝手にやらせておいた方が良さそうだ。

あまりに唐突だ。それにも拘《かか》わらず、動き出した人生の歯車がぎしぎしと音を立てる。噛《か》み合《あ》ってるのか噛み合っていないのかわからないそれに、僕は大きな不安を抱く。けれど同時に、どこか期待をしている自分がいた。

そういえば、人とまともに喋るっていうのは、こんな感じだったっけ。久しぶりにまともに話した人が、よりによってとんでもない変人だなんて。彼女が僕をどこへ導こうとしているのか、それはわからない。

けれど日高咲良との出会いが、静かで代わり映えのない僕の生活に波紋を生んだのは確かだ。

そんな出会いがあった翌日も、学生である限りは学校に行かなくてはいけない。

仮に誰かとの出会いが人生を大きく変える兆しだったとしても、すぐに日常生活が百八十度転回してしまうなんて現代に生きていたら到底起き得ないことだ。むしろ当たり前の日常がやってくることで、その出会いが運命的なものに思えるだろうし、ちゃんと現実の延長線上にあるのだと実感できるんじゃないだろうか。

今日も今日とて、退屈な授業を聞き流す。新学期だろうが何だろうが、学校生活に毛ほどの関心も抱いていない僕にとっては変わりがなかった。

高校に入学してからというものの、まともに授業を聞いていなかった僕の学力はお粗末以外の何ものでもない。中学二年生までの貯金でなんとか平均程度の学力の高校には入学したものの、一年次から学年下位をうろつき続けている。常に上の空でいる僕に対して、先生もいつからかその態度を咎《とが》めることをやめた。恐らく、見放されたのだろう。

それはむしろ僕にとっても都合が良かったし、先生たちも余計な気を使わなくて済むだろう。僕みたいな生徒に手をかけるくらいなら、やる気溢れる生徒たちを相手にする方が先生としてもやりがいを感じられるし、有意義なんじゃないだろうか。

無味乾燥で色のない一日の終わりを告げるチャイムが鳴る。ホームルームが済むと、僕は寄り道することなく教室から出て昇降口に向かった。もちろん、行き先は決まっている。

「おーい、藤枝」

　迷いのない足取りで図書館に向かおうとしていると、背後で誰かが僕の名前を呼ぶ。滅多に呼ばれることはないけど、心当たりはあった。僕はその呼びかけを無視して、歩き続ける。

「ちょっと待てよ藤枝」

　先を進む僕に追いついて、芯《しん》の通った声で高瀬《たかせ》は言う。高瀬とは一年の時に同じクラスだった。上背のあるいかにもスポーツマンな見た目をしていて坊主頭、馬鹿《ばか》だからか知らないけど常に明るい。僕とは真逆の人間だ。

「なあ、最近どうよ」

「別に」

　どうしてこいつは僕に話しかけてくるんだろう。いつもまともに取り合うことはせず、適当な反応を返すか無視するかなのに、高瀬はめげずに僕に声をかけてくる。いや、めげずにというのは違うか。多分、こいつはそんなことを気にしていない。なんか、同じようなことを最近思った気がするな。

「俺《おれ》さ、塾に通い始めたんだよ。俺たちもう二年生じゃん？　流石に受験を意識しちゃうよな。まだ部活を引退してないから今はそっち優先だけど、そろそろ準備くらいは始めようと思って」

　いつものように自分の近況を報告してくる。高瀬の近況を聞いたところで、だからどうした？　という感想しか浮かんでこない。

「藤枝は部活してないよな。放課後何してんの？　勉強？」

「読書してるよ」

　ははっと高瀬は白い歯を見せて短く笑う。

「お前っぽいな。藤枝もさ、そろそろ先のこと意識した方が良いぜ。じゃないと何も決まらないまま、高校生活終わっちまうぞ」

　妙に上から諭すように言ってくる高瀬を横目で見る。自慢げな顔に腹が立つ。

「ご忠告どうも、僕もやることやってるんだよ」

　僕が虚勢で言い返すと、高瀬は「じゃあな」と言ってどこかへ去って行く。言いたいことを言い終わったのだろう。

　やることはやってる、か。自分で言って馬鹿らしく惨めな気持ちになる。やっていることなんて何もないし、やりたいことも見つかってない。それどころか、中学生の時にできた悩みを今になってもまだ引きずっている。これからも笑えないままだとしたら、僕はそれを一生引きずって生きていくんだろう。何ともみっともない話だ。

　そんな僕に先のことなんて考えられるはずがなかった。仮にこのまま進学してどこかに就職したところで、笑顔という大きなコミュニケーションツールを失った僕が上手く世渡りしていけるとは思えない。現に、僕の人との関わりがどれほど希薄なことか。

ふと、日高さんの笑顔が頭に浮かんでくる。

僕が日高さんみたいに笑えたら、もっと人生が上手くいったのかもしれない。そう思ったところで、僕が日高さんになれるわけでもなかった。もし僕が笑えるようになったところで、あの多様な笑顔は真似《まね》できるようなものではない。あの明るい笑顔は天が彼女に与えた贈り物で、彼女だけのものだ。

きっと彼女のように、自分の気持ちを豊かに表現できる人間が人に愛されるのだろう。僕はそんなものを持ち合わせていない。空っぽな人間に誰が魅力を感じるだろうか。

別に誰からも愛される人間になりたいなんて思っていない。けれど、日高さんの笑顔を見る度にどこか羨《うらや》ましく思ってしまう自分がいるのも確かだった。


その日、学校を出て図書館へと向かう足はいつもに比べて随分と重く感じた。あんな何気ない会話に悩まされるほど、僕は弱い人間だっただろうか。高瀬が絡んでくる度に、適当にあしらっていたのにどうして今更。

とぼとぼ歩いて、ようやく図書館にたどり着く。いつもは散歩道の景色を楽しみつつ歩くのだが、今日はそんな余裕もなかった。

館内に入っていつもの席に行っても、そこには誰もいなかった。それが日常だったのだからおかしなことなんてないんだけど、何かが足りない気がしてくる。ため息をついて席に座り込み、背もたれに身体を預ける。いつもならすぐにその日に読む本を取りに行くところだけど、今日はそのやる気すら起きなかった。

窓から外の景色を見ることもなく、ただぼうっと図書館の天井《てんじょう》を眺めていた。初めてこんなに図書館の天井をまじまじと眺めた気がする。かといって、特段変わったところも面白いところもないので至極無感動である。

「そんな格好で何してるの?」

天井を見上げた僕の顔を覗き込んだのは、逆さまの日高さんの顔だった。いや、逆さまなのは僕の方か。というか顔、近いんだけど。

「空を見てたんだよ」

「天井しか見えないけど?」

「想像力の敗北だな」

日高さんが一歩下がるのと同時に僕は身体を起こす。しばらく上を向いていたおかげで、若干首回りが痛い。

「今日も来たんだ」

「言ったでしょ? 私、藤枝君を笑わせるんだって」

そう言って日高さんは机に妙にぱんぱんに詰まったスクールバッグを置く。夜逃げでもするつもりなのだろうか。

「何、そのかばん」

「これね、秘策その一だよ」

ぎちぎちと音を立てて鞄のファスナーが開かれる。中には本がぎゅうぎゅうに詰め込まれていた。取り出した本を、日高さんは机の上に積んでいく。大半は漫画だったけど、その中に数冊小説も混じっているようだった。

「結構な量だな。これ、日高さんの？」

「いやいや、違うの。これは友達から借りてきただけ。……何か笑える本はないかって訊いて、勧めてくれたのがこの本たち。いやあ、思ったよりたくさん貸してくれたから、運んでくるの大変だったよ」

「大変だったって……、というか図書館にそんな大量の本持ち込んでいいのかよ」

「いいの、気にしない気にしない」

いや、気にするか気にしないかは職員の人が決めることだと思うけど。

図書館の利用規約など気にすることもなく日高さんは満足そうに本の山を眺めている。

「これだけの量があるとな。……これって、僕に読めってことか？」

「そのために持ってきたんだよ」

日高さんは得意げに僕の方へと本の山を押してくる。読めって言われても、この手の方法はもう試したんだけどな。だけど、それを伝えるのもなんだか申し訳ないし。というか、昨日言ってたこと、本気だったのか。その場のノリで言っているのかと思っていたけど、気まぐれじゃなかったんだ。

僕がどうやって上手く断ろうかと思案していると、日高さんは本についての情報を付け加える。

「私の友達、漫画とかに詳しくてね。ここにある漫画も結構マイナーだけど面白いものが揃《そろ》ってるんだって。私にはよくわからないけど、刺さる人には刺さるって言ってた」

本の山の一角を手に取ってみれば、確かに知らないタイトルの漫画だった。ぱっと見、広く知られているタイトルはこの中にない。よく見れば、様々な種類のジャンルがある。恐らく、色々なものを試せるように選書したのだろう。気が利《き》くというか、何というか。

もしかして日高さんの友達、結構なオタクなんじゃ。まあ、日高さんって誰とでも仲良くできそうだからな。友達にオタクの一人や二人いたってなんら不思議ではない。

「とりあえず、ありがたく読んでみるよ。もしかしたらがあるかもしれないし」

正直あんまり期待はしていなかった。こんなことで笑えるなら、僕もここまで悩んでいない。だけど日高さんの折角《せっかく》の厚意を無碍《むげ》にするわけにはいかないので、期待半分に読んでみることにする。

表紙だけ見て、気になったものから手に取っていく。これは、何というか、濃い。内容がディープでアングラで、思ったよりもカロリーが高い。僕は面白くて笑うというよりも尖《とが》り散らかした内容に少しずつのめり込んでいった。

　気づけば当初の目的を忘れて、純粋に作品に没頭していた。面白いのは間違いないんだけど、趣を感じる方の面白さだった。それを感じる受容体は、まだ僕の中に残っている。

「面白かったよ、これ。笑えるどうこう抜きにして、良い作品だった」

「おおー、良かった……のかな？　いや、違うよね」

　思っていた反応と違ったのか、日高さんは不満そうな顔をする。僕も笑えるとは思っていなかったけど、違う意味でいい発見ができた。日高さんの友達、侮るべからず。

　僕がそうして日高さんの友人から借りた本を読んでいる間、日高さんは雑誌を読んでいた。

　僕は普段雑誌を読む習慣がないから、彼女が何を読んでいるのか少しだけ気になった。ちら、と表紙を見やれば、タキシードを着た男性が指揮棒を持っている姿が写っていた。

「何読んでいるんだ？　音楽雑誌？」

　僕が訊いたからかわからないけど、日高さんは素早くページを変えた。

「そうだよ。ええと、この、ピアノ特集をね、見てたの」

「そうか。雑誌を読むくらいだから、ピアノに興味が？」

「……親友がね、ピアノをしてるから。その流れでね」

「へえ」

　自分に楽器の経験がないから、弾《ひ》けるだけで何となくかっこいいなと思ってしまう。それに、自分を象徴するような趣味や特技を持っているのは素直に羨ましかった。

日高さんは音楽雑誌に目を通し終えたのか、それを片付けて今度はファッション雑誌を持ってきた。関心のあることがたくさんあるのも羨ましい。僕には読書しかなかったから。

それからその日のうちに読める分の漫画を読んだけど、大半の作品が面白かった。面白い反面、人を選ぶ作品なのも間違いはなくて、大ヒットしていないのも理解できた。隠れた名作というやつだろう。

「何様だって感じだけど、日高さんの友達、すごく漫画を見る目があると思う」

「楽しんでもらえて良かった。藤枝君が褒めてたって、伝えておくね。でも、結局笑わせられなかったなあ」

「赤の他人に褒められたって嬉しくないと思うけど」

残念そうに日高さんは頬杖《ほおづえ》をつく。僕としては非常に有意義な時間になったんだけど、日高さんはあくまで当初の目的にこだわっていた。彼女の方が僕よりも真剣に、僕の問題に取り組んでいるみたいだ。多分、どこかで無理だと見切りをつける瞬間が来るんだろうけど。日高さんのがっかりした顔を見ることになるのが想像できて、一人気分が冷めた。

「簡単じゃないいんだよ。僕だって初めのうちは色々試したんだから」

諦めさせるなら、早い方が良い。

でないと変に執着してその関係性は歪《いびつ》になってしまうから。

「そっか、そうだよね。私、もっといいアイデア考えてみるね！」

遠回しに言った諦めの勧告を完全に無視して、日高さんは前向きに捉《とら》える。頑固というか一本気質というか、困ったものだ。

「あ、そうだ」と、日高さんは何かを思い出したかのようにスマホを取り出して、何やら操作を始める。そして僕の顔の前にスマホの画面を突き出してきた。映っていたのは、二次元コードだった。

「なんだよ、これ」

意図を上手く汲《く》み取れなかった僕に、日高さんは説明する。

「メッセージアプリのアカウントだよ、私の。折角知り合いになったんだしさ、連絡先の交換くらいしておこうよ」

にこっと笑顔で言われても困る。僕はもう随分とメッセージアプリを利用していなかったので、操作方法もいまいちわかっていないのだ。久しぶりに立ち上げてみると、僕が使っていた頃から、アプリのＵＩも随分と変わっているみたいだった。まごついている僕を見かねて、日高さんは僕からスマホを奪い、登録を済ませてくれる。

思えば高校に入ってから初めての連絡先交換だ。使うことがあるのかはわからないけれど、なんだかそわそわした。

「ありがとう」

僕は控えめに感謝を述べる。

「どういたしまして。これでいつでも連絡が取れるね」

嬉しそうに笑う日高さんの顔を見れば、僕もまんざらでもない気持ちになってしまう。かと言って、僕から連絡することは恐らくないだろう。

「ちゃんとメッセージ読んだら返信してね」

「わかってる、なんで？」

「藤枝君、返信しなさそうじゃない」

どうだろう、メッセージのやり取りなんて普段しないからな。まあ、僕はそういうところに関してはずぼらな気もする。日高さん、なかなか勘が鋭いな。

「一応、気を付けておくよ。それほど連絡を取ることもなさそうだけど」

「いやいや、これから必要になってくるんだよ。まあ、それは置いておいて、今日はもう帰るね」

日高さんは机の上に広げられた漫画を再び鞄に詰め込んでいく。戻すだけでも一苦労だな。これをまた持って帰るのも大変だろう。

「すっ転ばないようにな」

「私、こう見えて身体は無駄に丈夫だから」

重たい鞄を肩に掛けつつ、日高さんは僕に向かって力こぶを見せつけてくる。よろめいているけど、本当に大丈夫だろうか。

「そうは見えないけど」

「ほんとほんと。それに、自転車で来てるから大丈夫だよ」

ああ、そうだったっけ。

一瞬送った方がいいのかも、と思ったけど、やめた。

大丈夫って言ってるんだから大丈夫なんだろう。送るとか言って、変に気を使われても気まずいし。大人しくここで見送った方がいいだろう。

「じゃあね、藤枝君」

「……じゃあな」

館内で彼女を見送った後、僕は閉館時間まで残ることにした。今日はもう漫画を十分堪能したので、本は読まずにのんびりと時間を潰すことにした。特にこれといって残る理由もないのだけど。どちらかと言えば、家に帰りたくない理由があると言った方が正しい。

実家が心穏やかでいられる環境じゃないっていうのはなかなかに不便である。心穏やかにいられないといっても、別に家庭内で暴力が蔓延っているとか、とんでもなく家族仲が悪いとかではないんだけど。

端的に言えば、僕の家族はお互いへの関心が極端にないのだ。それを公言しているわけでもないけれど、態度を見ていればわかる。両親は共に仕事一番の人間で、基本的に家にいない。

ばらばらの時間帯に帰ってきては、短い睡眠をとってまた仕事に出かけるので、そもそも家の中で親を見かけることはあまりなかった。

　形として家族という形態はとっているものの、それはもう破綻してしまっていると考えていいだろう。僕はそう思っているし、それをどうこうしようとも考えたことはなかった。

　決して僕が笑えなくなったことが原因とかではなく、初めからこうだったのだ。見方によってはネグレクトとも言えるのかもしれないけれど、それほど不満ではなかった。何をしようが僕の自由で親は口を挟んでこようとしないし、日々の生活や学校に関するお金も出してくれる。

　ただ単に、気持ちの悪い関係性の人間が同じ家に住んでいることに、僕は嫌気が差していた。図書館に来るのは単純に本が好きなのもあるけど、そういう背景もあった。まあ、居場所がなかった僕が救いを見出《みいだ》したのが、たまたま図書館だったという話だ。外観も、ちょっと隠れ家っぽいし、気に入っている。ほら、男子ってそういうの好きだろ。

　閉館を告げるチャイムが鳴る。図書館が公共の施設である以上、どうしても帰らないといけない時はやって来る。僕が高校生でいる限り、夜にどこかで時間を潰すのにも限度がある。早く卒業できたらいいのだけれど、時間は都合よく過ぎてはくれない。都合の良くない時にはあっという間に過ぎていくくせに、全く理不尽なものだ。

　催促されたわけでもないのに追い出されるような気持ちで外に出て、夜道を踏み潰すようにして帰路に就いた。

僕は休日も図書館でその時間の多くを過ごしている。たまに本屋やＣＤショップ、レンタルビデオ屋に行ったりする程度で、それ以外で時間を潰すとなれば自然と図書館に足を運んでいた。

昨日の土曜日、日高さんは図書館に来なかった。

彼女は明るく元気で交友関係も広そうだし、休日の過ごし方なんて何通りでもあるのだろう。最早《もはや》ルーティンと化した僕の休日の過ごし方は、本や映画など、どんな作品を選んで観るかという点でのみ差別化されるほど収束していた。今では作品を見る日だけが肥えてしまっている気がして、あまり良くない傾向だとは思っているが。

そうは思いつつも日曜もこうして読書に勤《いそし》しんでいるのだ。趣味が読書は伊達《だて》じゃないな。

趣味といえば、日高さんは出会ったときに散歩が趣味だと言っていた。多分、あれは嘘《うそ》だ。見るからに適当言っているような答え方だったし。その場しのぎで言っただけだろう。

趣味の話は僕から訊いたわけでもないのに、日高さんは疑問形で「……散歩？」と答えた。その時の間の抜けた顔を思い出すと、僕も力が抜ける。

仮にその場しのぎじゃなかったとしたら、散歩と答えるまでの少しの間が引っかかる。もしかしたら日高さんは言えない何かを隠しているのかもしれない。口をつきそうになった秘密を咄嗟に隠したと考えれば、辻褄《つじつま》も合う。

なんてな。脳内で探偵ごっこをしてみただけだ。

日高さんのことだから本当に何も考えず喋っていたのだろう。そう考えるのが一番しっくり来た。

日高さんは適当言っていたけど、自分を端的に表そうとするなら趣味は象徴的で伝わりやすい。ただ、自分の趣味ってなんだろうと考えると、案外咄嗟《とっさ》には出てこないものだ。

僕自身、思いつきでその場しのぎの答えをすることもある。聞かれることなんて滅多にないんだけど。

頭の中で一人語りを繰り広げていると、スマホの通知音が館内に響いた。慌てて画面を開き、マナーモードにする。僕としたことが、通知を切り忘れていたみたいだ。

通知欄を見れば、そこにはさくらと表示されている。一瞬詐欺か迷惑メールかと思い消そうとしたが、そういえば日高さんはさくらだったと思いとどまる。これから必要になるとは言っていたが、早速だな。

メッセージの内容は非常に端的かつ横暴なものだった。

僕は目を細めてその文言を読む。

〈一時間後、図書館の最寄り駅集合ね。見たらちゃんと返信してね〉

あまりにも突然だけど、多分僕が図書館にいると見越しての集合命令だろう。その想定が当たってしまっているのだから、怖いものだ。青春真《ま》っ只《ただ》中の年頃に図書館にしかいない僕が怖い。

ここからだと十五分程度で駅に着いてしまうから、集合時間の三十分前に図書館を出ることにした。遅れて行って、また文句を言われても面倒だ。

キリのいいところで読んでいた本にスピンを挟み、駅に向かって歩き出す。

それにしても春の空の下というのは、どうしてこんなに気持ちが良いのだろう。暑すぎず寒すぎず、春の風が一番好きだ。

陽気に当てられて頭がぼうっとしてくる。余裕を持って図書館を出たが、余裕を持ちすぎて駅に到着してしまった。段々と眠くなってくる。もうこのまま帰ろうかな、と思ってきた頃に横から声をかけられた。

「あれ、本当に来てくれたんだ」

「なんだよ、その言い草。君が来いって言ったんだろ」

「なんてね、冗談だよ」

ごめんごめん、と日高さんは手をひらひらさせて笑う。人のことをおもちゃか何かだと思っているのだろうか。

「待たせたかな?」

そう訊かれてスマホの時刻表示を見ると、集合時間五分前だった。ルーズそうに見えて、案外きっちりしてるんだな。

「待ったよ、僕が早く着きすぎたからだけど」

「そこは嘘でも、今来たところだよって言わないと」

「生憎《あいにく》、そんなテンプレートは僕の中にないんだ」

確かになさそう、と言って日高さんは僕の前に立つ。どうして僕が日高さんに気取ったセリフを言わないといけないんだ。

「というか、メッセージ返信してってお願いしたでしょ」

日高さんはスマホの画面を開いて、トーク履歴を僕の目の間に突き出す。日高さんの送信したメッセージに既読という表示だけがされ、そこで会話は終了している。

「返信してくれなかったら不安になっちゃうでしょ。藤枝君がすっぽかして、何時間も来ることのない君を待つことになったらそれほど馬鹿らしい話はないよ。まあ、返って来ないとは思ってたけど」

「悪い」とだけ言って軽く謝っておく。完全に忘れていた。これでいきなり呼び出したのとおあいこにしてはくれないだろうか。

それにしても、返って来ないと思っていた、と言うあたり、僕のことをなかなか正確に把握

しているな。ほんの少し前に出会ったばかりとは思えない。……それだけ僕がわかりやすいのか？

割とポーカーフェイスだと思うんだけどな、と思いつつ日高さんに感心しながら、僕の意識は彼女の服装へと引っ張られていく。

日高さんの私服、初めて見た。パステルカラーを基調とした春らしいコーディネートは、彼女によく似合っている。元々の肌の白さもあってか、今日の日高さんはいつにもまして透明感があった。

あんまり女子高生に美しいっていう言い方はしないのかもしれないけれど、日高さんからはそれを感じる。上手く説明できないのがもどかしいけど、ある種気品のようなものを感じるのは間違いない。

僕がじっと眺めているのを不思議に思ったのか、日高さんは首を傾げる。自分が彼女の私服に見入っていたのに気がついて慌てて目を逸らすと、駅にアナウンスが響いた。

「さてさて、行きましょうか」

「行くって、どこに？」

日高さんの後を追うようにして改札を通る。ホームに向かう表示を見れば、方面的には市街地の方向だった。

「内緒だよ、到着してからのお楽しみ」

これ以上聞いたところで教えてくれないだろうし、僕は観念して黙ってついて行く。電車に揺られて十五分程度経《た》ったところで僕たちは下車した。そこはこの辺りで最も栄えている街で、若者を中心に休日の駅は賑《にぎ》わっていた。

普段僕が過ごす環境よりも随分と多い人の数に、どうにも落ち着かない。意識的に人が多い場所を避けていたのだから、慣れていないのも当然だ。

歩きづらい人混みの中を日高さんはすいすいと進んでいく。僕はぶつかりそうになりながらも、何とかそれについて行った。

それにしても、人も建物もなんだか小洒落《こじゃれ》ていて情報量が多い。見ているだけで脳の処理が追いつかなくなりそうだ。色々なものに圧倒されて少し気落ちする。最近の若い人の生きる世界は、僕には少し荷が重いみたいだ。いや、僕も若いはずなんだけどな。

よろめきながら歩いた先で、目的地に到着したのか日高さんは足を止める。日高さんの目的の場所の正体は、この地域に住む人間なら誰もが知っている大型ショッピングセンターだった。僕はそびえたつその建物を見上げる。そういえば、大規模リニューアルを経てより流行を取り入れた施設になったとかどうとかいう話をどこかで小耳に挟んだ気がする。

「噂《うわさ》程度には聞いてたけど、随分とおしゃれな感じになったんだな」

「そうみたいだねえ、ものすごい予算がかかってるんだろうね」

嫌な所に目を付けるな、この子。

もっとおしゃれな雰囲気にテンション上がったりするのが普通の反応じゃないのか。まあ、日高さんみたいな人にとっては行き慣れた場所だろうし、今更そんな反応はしないか。

「で、このものすごくお金がかかってそうなおしゃれな場所に何の用があるんだよ」

「気になるよね、なら教えてあげよう」

日高さんは種明かしがしたくて仕方がない様子だった。気にならないわけがないだろ。理由も何もなくいきなり呼び出されてこんなところに連れて来られたんだとしたら、たまったものじゃない。

「私たちは今からここで、映画を見るんだよ」

「まあ、なんとなくは察していたけど。……待てよ、お金あったっけ」

普段それほど使うことがないから、自分の財布にいくら入っているのかうろ覚えだった。

「なかったら私出すよ」

「いや、そんなの悪いって」

別にそこまでしなくても、と僕は鞄から財布を取り出して中身を確認する。

「大丈夫、今日は思ったより入ってた」

「じゃあ、大丈夫だね」

日高さんはよしよし、と頷いた。計画の出鼻を挫《くじ》かれずに済んで満足なのだろう。僕としても女の子に払わせるという恥をかかなくて済んだ。

「じゃあ、目的もはっきりしたところで映画館に行きましょう。ちなみに、観る映画はあらかじめ私がチョイスしています」

こいつ、もしかして僕を笑わせるという名目で見たい映画を観に来ただけなんじゃ……。

いいように振り回されてしまっているのではないだろうかという疑念が一瞬頭をよぎったが、いやいやと反射で否定する。映画が見たいだけなら僕じゃなくて仲の良い友達を連れてくるだろう。それとも、友達と観るのが憚られるような映画を観るつもりなのか？

ショッピングセンターの中に入って、人混みをかき分けるように進む。館内マップで映画館の位置を把握して、寄り道することなくそこへ向かった。

「なあ、どんな映画なんだ？」

「もちろん、笑える映画だよ。そうじゃなきゃ君を連れてきた意味がないでしょう？　観た人の感想には、物語の結末が泣ける、とも書いてあったけどね」

「笑いあり、涙あり、ねえ」

思い返せば笑えなくなってから映画館にも来ていなかった。一人で観るならＤＶＤを借りて家で観ればいいし、映画館は僕にとって友達と来る場所だった。その友達もいなくなった今、映画館に来る理由もなかった。まさか、こういう形で再び映画館の地を踏むことになるとは。

人の波に流されるようにして歩いていくと、目当ての映画館に辿り着いた。設置されたモニターには上映中の映画のコマーシャルが流され、グッズショップには列ができている。ああ、映画館ってこういう感じだったなあ。

　券売機で購入したチケットを日高さんは僕に手渡す。そこに記されたタイトルを見る限り、冒険ファンタジー的な作品なんだろう。さて、僕を笑わせられる作品なのか、お手並み拝見といこう。

　その前に、フードを買うことにした。僕は上映中は飲み物は飲むけど軽食は取らない派だ。日高さんもそうみたいで、僕たちはそれぞれドリンクだけ購入して入場時間を待った。

「私、映画館に来るの久しぶり」

「そうなんだ。僕も久しぶりに来た。けど、やっぱりこういう場所は笑えるどうこうは関係なく、雰囲気だけでわくわくするよな」

　音響もスクリーンも家で観るのとは物が違うのだから、映画館でしか味わえない楽しみもたくさんあるだろう。そう思うと、期待も高まっていく。

「よかった。嫌がられるんじゃないかって、ちょっと心配だったんだ。そう言ってくれるのなら、私も心置きなく楽しめるよ」

　やっぱり、こいつ自分の欲望と僕の問題解決を抱き合わせてるな。お使いじゃないんだから、めんどくさがってひとまとめにするもんじゃないだろ。

　パンフレットやら予告映像を眺めていると、アナウンスが流れる。僕たちが向かうシアターが入場を開始したらしい。僕たちが観ようとしている映画は、上映期間ぎりぎりだったみたいで列に並ばなくともスムーズに入場できた。

スクリーンってこんなに大きかったっけ。このシアターには僕たちが一番乗りで、まるでこの大きなスクリーンを独占しているみたいで気分が良かった。コマーシャルが流れるまでにちらほらと入場してくる人たちはいたけど、それでも館内はがらがらだった。

僕たちは真ん中後方の席に並んで座った。運が良いことに、観客は皆示し合わせたかのようにばらばらに散って座っている。鑑賞中に知らない他人が近くにいるとどうしても気になってしまう僕としてはありがたい話だった。

思い出したかのように日高さんはスマホを取り出して電源を落とす。ちゃんと基本的なマナーが守れるのは偉い。上映中にスマホの光が目に入って嫌な思いをしたって話はよく聞くし。それだけマナー違反をしている人が多いってことだ、なんだかなあ。ちなみに、僕は入場した時点でスマホの電源は落としていた。決してぬかりはない。

「楽しみだね」

日高さんは僕の耳元で囁《ささや》くように言う。映画館での会話は周りに迷惑になるから彼女の判断は正しいのだけれど、僕の心臓には悪い。黙ってスクリーンを見つめたまま頷く。隣でくすっと笑う日高さんの顔が容易に想像できた。

館内の照明がもう一段階暗くなる。いよいよ本編の始まりみたいだ。

腹に響くような低音で、物語は始まる。久しぶりの感覚に、音を聞いただけで鳥肌が立った。

僕が普通の人間なら、思わず口角が上がっていたところだ。こういう瞬間は、むしろ自分が笑えないという事実を強く実感して、なんだか興ざめしそうになる。だけど今は、久しぶりの映画なんだし無理矢理にでも蓋をしておくことにしよう。

タイトルから予想していた通り、この物語は魔法の世界を舞台にした冒険ファンタジーだ。きらびやかな魔法の光がスクリーンを舞い、登場人物たちが派手なアクションを魅せる。序盤は目的だったコメディタッチなストーリーが展開される。軽妙でユニークな会話は見ていて気持ちが良かったけど、僕の口角はピクリとも反応しない。面白いんだけどな、思えば思うほど虚《むな》しくなってくる。いや、振り払え振り払え。

コメディでユニークな物語も、中盤を越えた辺りから少しだけシリアスな雰囲気を帯びてくる。気づけば僕は笑えないだとかいうことも忘れて物語に引き込まれていた。手に汗をかいているのを感じる。

物語は一転二転し、思わぬ方向に転んでいく。もちろん、良い意味で。ラストシーンに至っては、僕の頰《ほお》を涙が伝っていた。

やばい、そう思えば思うほど止まらなくなる。想定と違ったドラマチックなこの映画に、僕は完全にしてやられていた。久しぶりに映画を観て泣いた。やっぱり家で観るのとは違うよな。断然こっちの方が話に入り込める。

日高さんも泣いているのだろうか。泣いているだろうな。何となくだけど、日高さんもこういう話は好きだと思うし。見てはいけないと思いつつも、ちらと彼女を横目で見やる。スクリーンの光にぼんやりと照らし出された彼女の頬に、涙は伝っていなかった。それどころか瞳《ひとみ》を潤ませてすらいない。ただ、どこか遠くを見つめるような寂寥《せきりょう》感を孕《はら》んだ顔で、流れていく物語を見つめていた。

日高さんが泣いていないのは意外だった。全員が全員涙を流すとは限らない。それでも、いつも大げさなくらいに笑っている彼女なら感動の涙くらい流してもおかしくないと思ったんだけど。

と、あまりにも僕が日高さんの方に釘《くぎ》付けになっていたからか、気づいて彼女もこちらを見る。無言のまま目が合った。僕の顔を見て日高さんは小さく驚く。

見られてしまった。僕は咄嗟にスクリーンの方を向いて顔を見られないようにし、何事もなかったかのように振る舞う。というか、めちゃくちゃ恥ずかしい。僕が服の袖《そで》で濡《ぬ》れた眼元を拭い、再び彼女の方を盗み見ると、日高さんは気を使ったのか再び画面を見つめていた。気を使われるのも、それはそれで恥ずかしい。

上映が終わり、僕たちは映画館を出てショッピングセンター内にあるカフェに来ていた。僕は気恥ずかしさを誤魔化すように、アイスティーをごくごくと飲む。日高さんはにこにこした顔で僕のことを見ていた。

「藤枝君って、泣けるんだ」

「当たり前だろ。泣かない人間はいても、泣けない人間なんていないんだよ。赤ちゃんですら泣くっていうのに。まあ、笑えない僕が言うのもなんだけどさ」

こうなったらもう開き直るしかなかった。いや、でもあの映画は普通に名作だと思う。なにより僕の好みにドンピシャだった。弱いんだよな、ああいう物語の流れ。

「こんなに泣けるエンディングだとは思ってなかったから、不意を突かれた。日高さんは泣いてなかったみたいだけど、ツボにははまらなかったのか？」

「ううん、そんなことないよ。好きな話だったし、ただ私は我慢のできる人間だからね」

僕が我慢のできない感情垂れ流し人間とでも言いたいのだろうか。今の僕は笑わないことに関しては世界で最も我慢強い人間に等しいというのに。我慢強いに入れていいのかはわからないけど。

「ふうん、案外ドライなんだな」

日高さんは「どうだろうね」と言って、レモネードを一口飲む。たまに普段の明るい印象とは違う一面を見せるんだよな、この子。

「ふう、やっぱり藤枝君は笑えなかったわけだけど、面白いものが見られたから結果オーライかな」

「面白いもんじゃないだろ」

そう、知人に広められようものなら、文字通り笑い事じゃない。ただ、僕たちの間には共通の知人はいない。暴露する相手がいないのなら、実質ノーダメージだ。

「まあ、笑えるようになる過程として、他の感情を引き出すっていうのも良いんじゃないかな？　それがちゃんとゴールにつながるかは、結果が出てからしかわからないんだけどね」

「珍しくもっともらしいことを言ってるな。映画は家で観てたけど、今日は少し違って感じた。映画館で観たからかな」

「そうかもね。ただ観るだけじゃなくて、その場の雰囲気も大事なのかも」

「今まではどうにか笑うことだけに意識がいっていたから。ちょっと視点を変えるだけで変わるもんだな」

「パニックになると視野って急激に狭くなっちゃうよね。灯台デモクラシーだよ」

「下暗しな。……なにやらせるんだよ」

「いや、藤枝君も随分とコミカルになってきたなあと思って」

何がコミカルだ、僕をおもちゃにして遊んでいるだけだろう。結局僕を笑わせるというのもどれくらい本気なのかはわからないままだし。

「いやあ、でも楽しかったねえ」

それには僕も同意する。想像してた五倍くらい良かった。久しぶりの映画館ということもあって、なんだか久しぶりに感動した気がする。自分にまだ人間らしさが残っていて安心した。

「映画は見終わったわけだけど、これからどうするんだ」

いつまでもここで駄弁《だべ》っているわけにもいかないだろう。休日ということもあって、店内は客で溢れかえっている。あまり長時間いても迷惑になってしまうだろう。

「うーん、それが何も考えてないんだよね」

「何もないなら解散するか」

僕も特にこれといって用事はないし、あんまり人混みの中に居続けるのも得意じゃない。僕は残っていたアイスティーを飲み干す。

「ここまで来たんだから何かしようよ。ほら、まだ時間はあるんだし、折角のチャンスだよ」

「そう言われてもな。正直僕はこういう所で遊び慣れていないし、何をすればいいかわからないんだよ」

年頃の高校生が言うには物悲しすぎる言葉だとは自分でも思う。だけど事実な以上は認めるしかないのだ。

「私もそんなに慣れてはいないんだよね」

「へえ、日高さんは遊び慣れてるタイプだと思ってた」

「なんだか角が立つ言い方だね。私、案外インドア派なんだよ。藤枝君もだよね」

「ああ、まあそうかな」

僕の場合、家にあまり居たくなくて常に図書館に出かけているからな。インドア派といえばインドア派なんだろうけど、ちょっと毛色が違う気もする。

どうしようかなあ、と二人で次の行き先を考える。さっき飲み干してしまったし、飲み物をおかわりしてこようかな。そう考えていたところで、スマホを触っていた日高さんが何かを見つけた様子でこちらを見る。

「決めた、ここにしよう」

「ここってどこだよ」

「内緒だよ」

隠し事ばっかりだな。その返事にもそろそろ慣れてきた。どこへ行こうが、日高さんに振り回されることには変わりない。

僕たちは席を立って会計を済ませる。まとめて払った方が良いのかなと思ったりもしたけど、別にデートをしているわけでもないし、よく考えたらいきなり連れて来られたのはこっちなんだからいいやと自分の分だけ精算を済ませた。変に気を使って「何意識してるの」なんて言われた日には落ち込んで二度と笑える日は来なくなるだろう。

ショッピングセンターを出て、地図アプリを頼りに進んでいく。僕たちは人混みを抜けて、少しずつ落ち着いた場所に流れていく。やっぱり静かな方が僕には合っているな。

川沿いの道を抜け、並木道を歩いていくと、大きな建物が見えてきた。特徴的な形をした外観は恐らく名のある建築家が手掛けたものなのだろう。

「美術館か」

「正解！　調べたらおすすめに出てきたんだ。たまにはこういう所に来るのもいいよね。一緒に教養を高めようよ」

「いや、別にいいんだけど。美術館でどう笑えって言うんだよ」

「いいじゃない、私が来たかっただけだから」

ついに言ってしまっているけど、大丈夫か。結局、僕を笑わせるためという体の私利私欲の目的があったんじゃないか。まあ、特にすることもないんだから大人しく付き合うけど。

「いいけど。だとしても僕には予備知識がないんだ。高める以前の問題だぞ。美術なんて触れてこなかったし、知ってる画家ってピカソくらいだぞ」

ピカソとかゴッホとか、名前は知っててもその作品を知らないことだってあるし。そもそもピカソとか何が評価されているのかすらわからない。もちろん、作品的価値としてものすごく高いからこうして現代まで評価されているんだろうけど。

「いいんじゃない？　私だって美術のこと知らないけどさ、案外楽しいかもよ」

騙《だま》されたと思ってついて行くか。日が暮れるまで時間もあることだし、楽しそうにしているところに水を差すのもなんだ。

日高さんと出会ってから、周囲に対するアンテナを張るようになった気がする。人でも、環境でも、出来事でも。少しだけ、周りを見るようになった。良い傾向というかなんというか、彼女と出会って僕も少し変わったところがあるんだろうか。

入館してチケットを購入し、展示会場の入り口まで案内の表示に従って進む。何の展示をしているのかも分からずに来てしまった。抽象絵画とか現代アートとかだと、本当に楽しむに至ることなく脳内に謎《なぞ》が積み重なって終わりそうだ。

入り口には大きく展示の説明書きがされており、それを読む限りどうやら新進気鋭の若手作家の作品を中心とした展示みたいだ。若い人でもこんな立派な所で展示できるんだな。

中は広い空間が広がっていて、一定の間隔を持って壁に大なり小なりの絵が掛けられている。それ以外にも、展示台の上に立体作品が置かれていたりと、展示空間は作品で彩られていた。

普段美術館なんて来ないから、不思議な世界に迷い込んだような感覚に陥《おちい》る。それぞれの作品から、何かを訴えかけてくるような存在感があった。

「自分がこんな所に来てもいいのか、って思ってしまうな」

「どうして？」

「どうしてだろうな」

周りの人に迷惑にならないように小さな声で言葉を交わす。館内にはそれほど人がおらず、皆静かに鑑賞しているので、小さな声でも響いてしまう気がした。

本当、どうして僕は引け目なんて感じているのだろう。

正直、美術素人の僕からすればここに並んでいる作品たちが何をイメージして何のメッセージを残しているのかわからないし、理解するための取っ掛かりさえ見つからない。それなのに、圧のようなものをひしひしと感じている。それが作品から受けた影響なのか、自分自身の内側で渦巻いているものなのか、それすらもわからない。

ただ一つ、明確な事実として、この作品群の制作者たちには伝えたいことがあるのだ。それは僕が持っていないものだった。

僕たちは人の流れに沿って順に作品を鑑賞していく。

多分あれを描いているんだろうな、という見当はつく、ただ確信は持てない。やはり中には一体何を描いているのか全くわからないものもあって、それを前にすると僕は絵に描いたように困惑してしまう。

例えば描かれているのがりんごだとしたら、僕はそれに対して赤くて丸くて美味《おい》しそう、と考えたり思ったりできる。本来と違う色で描かれているのなら、違和感を覚えたり、どうしてこの色で描いたんだろう、と思考を発展させることもできた。その存在自体が抽象化されている時点で、僕の思考は敗北を免れない。

大きなキャンバスに描かれた、正体不明の色の群れに対して僕は何を思えばいいのだろうか。明確なメッセージを受け取れないのに、どうして見ていると気持ちが揺れるのだろうか。

「美術もそうだけどさ、芸術って可読性のない言語だよね」

「なんだよ、急に」

いきなり小難しそうな話を始める日高さんに、僕は戸惑う。

そういえばこの子、頭の良い学校に通っているんだった。

「作品って、言葉みたいに明確な意味が示されていないでしょ。それでも伝えるっていう表現方法で、コミュニケーションでもあると思うんだよ。表現者と鑑賞者の間で無言のやり取りが行われていて、それが人の数だけ違うって、素敵なことだと思わない？」

「すごいな、そんなこと考えながら見てるのか」

思わず感心してしまう。芸術をそういう風に見たことがなかった僕にとって、目から鱗《うろこ》だった。そうか、僕もさっき上手くいかなかったかもしれないけど作品とコミュニケーションをとっていたということか。人間とすら上手くとる自信がないのに、そりゃあ作品となんて難易度が高いはずだ。

先程まで見ていた、大きな絵画作品をもう一度見る。この作品の伝えたいことが急にわかるわけではないけれど、美術は難解であるという障壁が取り除かれたような気がした。

「って、別に芸術に詳しいわけでもないんだけどね。言ってみただけ」

そう言って日高さんは何でもないように笑う。

それ自体素敵な考え方だと思うし、何も考えず漠然と見るよりは明らかに良いと思う。そうだよな、コミュニケーションとして捉えると、こちらから受け取りに行くことは最低限の条件だ。聞く耳を持たない者には、どんな言葉も通らない。受け取る気がなかったのは僕の方だった。

僕は今までよりも少しだけ、作品に歩み寄って鑑賞ができるよう試みた。素人が付け焼き刃でできるものではないとわかってはいたけど、それでも。

一通り鑑賞し終える頃には、僕の頭は疲弊していた。脳の普段使わないところを使った感じがする。感じて、考えながら作品を観るのって、結構疲れるものなんだな。

美術鑑賞も馬鹿にならないな。現にこうして、新しい価値観や考え方に触れることができたわけだし。それもこれも結局のところ、日高さんがここに連れてきてくれたおかげだ。彼女は僕を、知らない世界に引っ張って行ってくれる。僕はもう少し彼女に感謝をしたほうが良いのかもしれない。

ただ、それでもやはり笑えない。日高さんには悪いけど、内心やっぱり無理なんだろうなと思ってしまう。

確かに映画も美術館も面白かったけど、それはあくまで趣があるという意味であって。いくら自分の見ている世界が広がったところで、結局のところそれ自体が問題解決に結びついているわけじゃない。違った視点で物事を見られるのはいい機会だけど、それだけではどうにもならないのが現実だ。

それでも、僕はもう少し日高さんの気まぐれに付き合おうと思う。人任せなのはわかっているけど、僕にはもうそれしか残っていない気がするから。

「展覧会を見た後って、なんだかふわふわするもんだね」

「ああ、わかる。感想はあるんだけど、全然言語化できないんだよな。脳みその中で刺激と感覚が撹拌《かくはん》されてるみたいな感じで、もどかしいとも言える」

　館内を出ると伸びていた背筋も緩み、力が抜けていくのを感じた。外の風が気持ちよく吹き抜け、良い気分転換になった。隣で日高さんも気持ちよさそうに伸びをしている。

　ひと息ついていると、風に乗ってどこからか楽器の音が聞こえてきた。

「あっちの広場かな」

「多分な」

　重なって響く音に釣られて、僕たちはそれが聞こえてくる方へ向かう。そこには十人ほどの小学生であろう子どもたちが楽器を手にして並んでいた。皆一様に鍵盤ハーモニカを手にして、先生の指揮の下一生懸命に楽器を弾いている。見たところ幅広い学年が揃っているようだ。高学年らしき子はやはりある程度弾きなれた様子をしており、余裕が見て取れる。小さな子たちは必死に鍵盤とにらめっこをしており、何とか上級生のリードする音についていっている。

「すごいな」

「うん、上級生の子たちのリードが上手いよ。ちゃんと下級生がついてこられるように調整してあげてる」

「ああ、そうなんだ。そう考えるとよりすごいな。それよりも、僕はあんな小さな子たちがちゃんと楽器を弾けていること自体がすごいと思った」

僕があれくらいの頃は適当にやって誤魔化していたし、演奏することに興味を持つことはなかったから。人に見てもらうために彼らがしてきたことは、僕にとっては少し眩《まぶ》しすぎるかもしれない。

「きっと頑張って練習したんだよ。それがわかるくらい、素敵な演奏だね」

日高さんは温かくしみじみとした眼差《まなざ》しを向けている。口元に浮かべられた薄い笑みは彼女がこの演奏を楽しんでいる表れだろう。

演奏会を囲むギャラリー達はそのほとんどが保護者らしき人達で、皆温《ぬく》もりのある顔で見守っている。この空間全体が包み込むような優しさに満ちていて、それを作り出したのは間違いなくこの子たちなのだ。僕は心の内で、静かに称賛する。

日高さんはこの場から離れる素振りを見せることもなく、演奏に聴き入っている。僕は静かに、演奏する子どもたちと日高さんを見守ることにした。

ずれたりもつれたりしながらも観客を温かい気持ちにする演奏を聴きながら、いつしか僕は自分自身のことを省みていた。

かつては自分も、可能性と輝きに溢れる子どもだったはずだ。どの時点でそれが失われたのかは明確ではない。もしかしたら失われてすらいないのかもしれないけれど、僕の中から熱は消えてしまっている。努力をしても解決しない問題があることを知ってしまったのだ。

ただ、ぼうっとした頭で憂う。そう言った意味では、日高さんもあの子どもたちと同じなのかもしれない。だから僕は、彼女という人間に新鮮さを感じながらもどこか否定してしまいたい気持ちになるのだろうか。

子どもたちが一曲弾き終えると、観客から拍手が起こる。隣で日高さんも小さく手を叩《たた》いていた。僕たちが聴いた曲が最後だったようで、子どもたちが一礼して演奏会は終わりを告げる。

「なんか純粋過ぎて複雑な気持ちになるな」

「そうだね、ちょっと羨ましい気持ちになるね」

「日高さんもそんなふうに思うんだ」

少し驚いた。日高さんはそっち側だと思っていたから。僕が驚いていることに気がついたのか、日高さんは少し眉をひそめて口角を上げた。

「私だってもう高校生なんだよ。若いって羨ましいなあ」

「ふうん。まあ、同じ子どもでも高校生と小学生じゃ大違いだもんな」

「そうだよ、私たちはもうすぐ自分の将来を選択していく必要に迫られるんだから。純真無垢《むく》なままではいられないよね」

「悲しいことにな」

明るく純粋そうな日高さんもそんなことを考えるんだな。当たり前だけど将来の不安なんて誰しもが抱えている普遍的なものなのだ。人が何を抱えているかなんて、もうしばらく考えたこともなかった気がする。

「帰ろっか」

僕たちはゆっくりとその場を離れて、美術館を後にした。駅までの道のりを歩いていると、思ったよりも頭が疲れていることに気がつく。それもそうだ、映画を観て美術館に行って音楽を聴いた。それに加えて慣れない場所への外出だったのだから、仕方がない。糖分が足りてないから、帰り道に何を話していたのかもぼんやりとしか覚えていない。適当で中身のない会話ばかりしていた気がする。それくらいがちょうど良かった。

いつもの図書館の最寄り駅まで帰ってきた所で、日高さんはお腹《なか》が空《す》いたと言い出した。お腹が空いたと言われても、僕の財布の中身はもう随分とやせ細ってしまっている。そもそも日々にかける金額が少ない分、持ち歩いている額も少ないのだ。

日も暮れ始めた時間だったので、僕はコンビニで軽食を買ってどこかで食べようと提案する。この時間は少し肌寒いけど、温かい飲み物と軽食があればちょっとくらいは大丈夫だろう。それに、久しぶりに外出らしい外出をしたのでもう疲れているのだ。

僕たちはコンビニで温かい飲み物とシュークリームを買って、近くの公園に向かう。頭の疲労には、糖分の補給が不可欠だ。僕はココアを、日高さんは紅茶をちびちびと飲みながら歩いていく。ひっそりと隠れるようにある公園で、その立地通り人気もほとんどなかった。

ふらふらと園内を歩いて、座る場所を探す。ちょうどベンチを見つけたので座ろうと声をかけたけど、日高さんは何も言わずブランコの方へ歩いて行き、そのまま腰かける。そんなにブランコが好きなんだろうか。

特に文句もこだわりもないので、僕はそれについて行く。日高さんの隣のブランコに腰掛けると、彼女は伸びをしながら言った。

「いやあ、今日は楽しかったね」

「案外な。たまには外に出るのも悪くないとは思った」

そんなに頻繁である必要はないな、とも。

財布の中身もそうだけど、普段行き慣れない場所に行くのはやはり疲れるのだ。

「そうだよ、藤枝君。図書館ばかりに籠《こ》もっていないで、たまには外の世界も見るべきだよ」

「外の世界ねえ」

外の世界とやらに、一体何があるんだろう。仮にそこで何かを得たとして、僕はそれをどうやって生かせばいいんだろう。内に籠もって本を読んでいたって、楽しいんだけどな。

「……そういえばさ、日高さんはどうして僕に声をかけようと思ったんだ？」

「え？」

「いや、気になってたんだけど訊きそびれていたから」

僕が疑問を口に出すと、日高さんは少し考えて答える。

「何となくだよ。図書館の隅で一人でいる君がちょっと面白そうだったから声をかけただけ。話してみるとやっぱり面白い人だったけどね」

日高さんはふふふと笑う。

明らかにはぐらかしているような気がする。僕がさらに言及しようとすると、日高さんが先を読んだかのように口を開いた。

「ねえ、藤枝君。今日の本当の目的、気がついてる？」

ふいにそう言われて、心臓が大きく跳ねたような気がした。

本当の目的、やっぱり日高さんには何か隠していることがあったんだ。直感は基本的に正しい、とは言うけどまさか。

「教えてくれるのか？」

「いいよ、特別に教えてあげる」

ごくん、と生唾を飲み込む。風が木々を揺らす音だけが、静けさの中で泳いでいた。胸の中のざわつきがどんどん大きくなる。

「藤枝君ってさ、多分女の子と出かけた経験なんてあんまりないでしょ」

「え？」

想定外の話し出しに、面食らう。

いや、確かに経験なんて乏しいとしか言えないけど。それが一体何だというのだ。煽っているのか。

「だから、今日私としたこと思い出してよ」

「日高さんとしたことって、いきなり呼び出されて映画館に連れて行かれ、その後美術館に行って……」

「そう。それを俗に何て言うか、知ってる？」

「拉致？」

「ばか」

呆《あき》れた顔でこちらを見てくる。間違ってはいないだろ。

日高さんは少し間を空けて、小さく息を吸い込んで言う。

「デートっていうんだよ」

まるでいたずらの種明かしをするかのように、日高さんは笑った。

いや、もしかして本当の目的ってそういうことなのか？

どうやら、僕は早とちりをしていたみたいだ。拍子抜けして力んでいた身体も脱力してしまう。僕が訊きたかった方については触れられないみたいだ。

「デートって、だからそれが何なんだよ」

思い違いにもほどがあった。というか、ややこしい言い方はやめてくれ。隠し事っぽいことが多すぎてどれのことを言っているのかわからなくなる。

「だから何って、ひどいなあ藤枝君。私が君の為に勇気を出して誘ったっていうのに」

「いや、悪い。そういうつもりじゃないんだよ。ちょっと勘違いしてただけだ」

どういうこと、と日高さんは首を傾げる。

何もわかっていないということは、もしかしたら本当にただの気まぐれで僕に話しかけてきたのかもしれない。

首を傾げながらも、彼女は続ける。

「今日は色々な所に行ったわけだけど、どこに行ったかっていうのは重要じゃないの。このデートの本質はね、君が誰かと出かける、ということにあるんだよ」

「誰かと出かけるから、どうしたっていうんだ?」

「君の口振りからすると、もう随分と人と出かけることなんてなかったんじゃないかな」

全くもってその通りだ。出かけたところで笑えないし、気を使わせるだけだからそういうのは避けるようになった。おかげで友達もいなくなった。

「何年も人と時間を共有することがないっていうのはね、とても寂しいことだと思うの。人はね、他者と関係を持った上で、自分らしく生きる生き物なんだよ。もしかしたら、そこにヒントがあるんじゃないかって。だから私、君を図書館から引っ張り出したの。いきなりじゃないと君、色々言って話を流しちゃいそうだったから」

なるほど、そういうことか。

確かに僕は笑えなくなってから色々と試した。だけどその中には、人と楽しい時間を共有するっていう発想はなかった。むしろ端《はな》から除外して、触れないようにしていたから。

「なんか、色々と考えてくれてるんだな。それなのに、ごめん」

「いやいや、謝ることじゃないよ！　私が始めたことなんだから、付き合わせてごめんね」

付き合わせるも何も、僕の為にやってくれてることなんだよな。

改めて、どうして見ず知らずの人間だった僕の厄介ごとに首を突っ込んできたのだろうかと疑問に思う。

「いやあ、でも悔しいね。ここまで笑わないとなると、意地でも笑わせたくなってきたよ。ねえ、藤枝君。私と出かけて、ちゃんと楽しかった？」

即答しようとして、言葉が喉《のど》に詰まる。嘘を言うのはあんまり得意じゃないんだ。

「ああ、楽しかったよ」

口に出す言葉が、やけに軽々しく感じる。

本当に僕はそう思えているんだろうか。本当に、本当の意味で。楽しかったのなら、どうして笑えないんだろう。

日高さんと過ごした今日という日が、心から楽しかったと嘘偽りなく言えるのなら言いたい。楽しかったと思いたいのに、どうしてもその感情は蓋をしてどこかに押し込まれたような窮屈さを感じていた。

どうしようもなく嫌気が差す。悪いものが流れ出るように深いため息が漏れた。笑って誤魔化せないっていうのは、全くもって不便なものだな。

そんな僕を日高さんは優しくて少し困った顔で笑う。

「ねえ、これ持っててよ」

そう言うと日高さんは手元のレジ袋を僕に渡してくる。

「……いいけど」

僕が不思議そうに日高さんの顔を見ると、彼女と一瞬目が合う。そして日高さんはゆらゆらとブランコを漕《こ》ぎ始めた。錆《さ》びたチェーンが鈍い金属音を立てる。

「自信あったんだけどな、残念。もしかしたら、藤枝君が笑えないのって、ただそう思い込んでるだけじゃないのかなって思ったりもしたけど、そうじゃないみたい。藤枝君、ちゃんと笑えないいんだね」

「ただの思い込みなら気合いで治すさ」

日高さんがブランコで揺れる度、影も同じように伸縮する。次第にその振れ幅は大きくなっていき、放り出されてしまいそうなほどに勢いは増していく。日高さんが何かしらの感情をぶつけているかのように。金属の軋《きし》む音が、僕たちの会話の隙間を埋めた。

「正直、僕はありがたいと思っているんだ」

僕の言葉にブランコの勢いは緩む。

「本当？」

「本当。僕は嘘をつくのが苦手なんだよ、実は」

ありがたい話なのは事実だ。だけど、どうして日高さんは自分に何の得もないのに、僕のことをこんなにも笑わせようとしてくるのだろう。それはずっと疑問に思っていることだ。

彼女の姿はブランコに揺られて何度も僕の前後を行き来するので、顔を見ることができない。今、彼女はどんな顔をしているんだろうか。

「そう思ってくれているのなら、私諦めないよ」

「好きにしたらいいさ」

「うん……好きにしてみるよ」

空を見上げると、小さな鳥たちが群れをなしてどこかへ向かっていた。僕はそれをぼうっと眺める。彼らはどこへ行くんだろうか。

「というか藤枝君、デートっていう単語に反応してくれなかったね。面白い反応、期待してたんだけどなあ」

「まあ、デートっていうか、僕を笑わせるための方便だからな。流石にそれに反応するほど僕の心は潤ってないよ」

「なにそれ、変なの」

楽しそうに小さく笑う日高さんを見ていると、どこか心が晴れやかになる気がした。やっぱり、僕たちの人間性って正反対なんだろうな。だからこそ、こうして元気を貰える。

「笑わせるのが目的でもあったけど、私はちゃんとデートのつもりだったよ」

唐突な言葉に僕の心臓は釘を刺されたかのように止まりかける。顔が少し熱くなるのを感じた。そういう言い方をされると、困ってしまう。

「なんてね」

てへっとはにかむ日高さん。

どうやら冗談みたいだ。いや、洒落にならないし、その冗談はずるい。僕にそういう免疫がないことくらい、知っているはずだ。

僕はわざとらしく、日高さんの方から顔を背けた。

「期待してたものも見れたことだし、帰ろっか」

そう言ってブランコの勢いが弱まってきたタイミングで、彼女は飛び降りて上手く着地する。

風になびく柔らかい髪と、綺麗な顔が夕焼けの残滓《ざんし》に照らされて淡く輝いた。

また、いいようにからかわれてしまった。認めたくないけど、こうして日高さんに振り回される時間を僕は思ったよりも気に入っていたみたいだ。

ふと、自分が手に持ったままのそれに意識が向く。

「そういえば日高さん、シュークリーム食べてないけどよかったのか」

「あっ、忘れてた」

日高さんは僕の手元から自分の袋を取り戻すと、何も言わずにシュークリームを齧《かじ》り始める。

あれ、お腹が空いていたんじゃなかったっけ。

2 僕は僕にしかなれない

僕たちの高校では五月頃、三者面談が行われる。

一年生の頃の三者面談は主に学校生活のことや普段のテストのことを聞かれるくらいで大したものではないのだけど、二年生からは違う。大して偏差値の高い学校でもないのに、やたらと受験についてあれこれ言ってくるこの学校の特性上、当然三者面談でも話題に上がる。

困ったことに、僕は進路について何も考えていなかった。

新学期早々に渡された進路希望調査は白紙で提出したし、実際行きたい大学、やりたいことなんて見つかっていない。だから聞かれても困るのだけど、先生たちからすればそんなこと知ったこっちゃないのだろう。それが仕事なわけだし。

「藤枝《ふじえだ》君ですが、進路希望調査も白紙でテストの成績も芳しいとは言えない状況です。まだ二年生なので急ぐ必要はないと思う気持ちはわかりますが、一度ご家庭の方で話し合ってみてはどうでしょうか。受験というのはどうしても、準備期間が必要なものです。早いに越したことはありません」

言われると思っていたことをしっかりと指摘される。

先生は間違ったことは言っていない。ただ、よくよく考えれば十六歳の時点で人生の大まかな進行方向を自分で選ぶなんて、そう簡単な話じゃない。やりたいこと、進みたい道なんて皆どうやって見つけているんだろうか。目標に向けて頑張るっていうのは少なからず選択肢を絞る、ということだ。僕はそれを怖いと思っている。若い頃に失敗をしておけ、とも言うがそれで人生を棒に振る可能性だってあるんだから簡単にほいほい決められる話ではないだろう。だけど世の中の大半の人間がそうやって人生の岐路に立たされてはしっかりと選び歩いたり、流されたりしているのだ。前者になれる気もしないし、後者にはなりたくない。結局僕は甘えているだけなんだろうか。

僕の番が回ってきてから、僕はまだ口を開いていない。こういうのは黙っていても、親と先生が勝手に進めてくれる。それに、僕から先生に言いたいことがあるわけでもない。言ったところで、決めるのは僕なんだから。

「そうですか、夫も交えて話してみようと思います」

母はそれらしいことを言って返すが、全部嘘《うそ》であることを僕は知っている。

我が家でそんなことが話題になったことなんてないし、そもそも会話をすることがない。無難な回答をして、その場を凌《しの》いでいるだけに過ぎない。

「それと藤枝君はまだ学校に馴染《なじ》めていないというか、人と話すことが極端に少ないように思えます。人との関《かか》わりを避けているというか。本人がそれで良いのなら、こちらとしても口を挟む必要がないのかなとは思いますが」

余計なお世話だけど、学校側としても一応話題に出しておく必要があるのだろう。確かにそれは事実ではあるんだけど、正直放っておいてほしい。別に学校で僕だけがそうやって一人で過ごしているわけじゃない。それに、この親にそんなことを伝えたってどうにもならないのだから。見え透いた嘘を延々と聞かされるこちらの身にもなってほしい。

母は適当な応対を繰り返して、特に何事もなく三者面談は終わった。

意味のない会話をそれらしく成り立たせることに関しては、この人は本当に長《た》けていると思う。羨《うらや》ましいと思うような能力ではないけど。

毎年こんな中身のない話をする必要があるのだろうか。希望者だけが面談をすることができるシステムに変えたって、支障なんてないんじゃないか。

息苦しい空間から解放されて、僕は首を鳴らす。廊下を進んでいく母の後ろを僕は気だるげに、足を踏み鳴らしてついて行った。

「それじゃあ私、仕事に戻るから」

学校を出た所で、母はそう告げる。根っからの仕事人間というのはついでに一日休日を、というように思わないのだろうか。僕だったらそうしている。僕は両親と違って仕事人間になる才能はなさそうだ。

勝手に行けよ、と言わんばかりに僕はその言葉を無視して、母に背を向けて歩き出す。その後ろ姿に母が声をかけてくることはない。

この母の様子を見ていれば、自《おの》ずと僕の家庭環境が見えてくるだろう。ちなみに父も似たようなもので、そういう意味では似た者夫婦と言えるんじゃないだろうか。

早くこの偽りの家族という気持ちの悪い関係性から抜け出したい。

独り立ちして、どこか遠い町へ行って、進学せずに働くのもいいのかもしれない。その方が、両親との縁は薄くなるだろうし。学生でいるうちはどうしても親の援助を受けなくてはならないのが問題だ。こんなことを考えていたら親不孝者と後ろ指を指されるかもしれないけど、どうでもいい。

僕が笑えなくなった理由は、この家庭環境にあると思っている。

笑えなくなるまでの僕は、仕事中心に生きる両親に気を使っていた。笑って過ごすことで、少しでも家族という形を留めておこうと。今となっては馬鹿馬鹿《ばかばか》しい考えだ。それによって自分が傷を負うなんて思っていなかった。

正直、何を言われたか覚えていない。

人間上手《うま》くできているもので、本当に拒絶したい記憶は思い出せなくなるらしい。恐らく、僕に起こったのもそれと同じものだろう。

両親のどちらか、あるいは二人共がこぼした言葉に、僕はどうしようもなく失望したのだ。それだけは覚えている。今までの自分の行いが全《すべ》て無駄だったと、普通の家族という形がこの家にはないのだと、心の底から理解した。

そして僕は、家族と関わることを拒絶するようになった。

何を言われたか覚えていないから、本当に両親の言葉が原因だったのかも断定はできない。笑えなくなった時期がその頃と一致して、尚且《なおか》つ急だったのを考えると、それしかないはずだ。

まあ色々思いはするけど、過ぎてしまったことは今更覆らない。

嫌なことを考えていると、それを発散するように自然に歩く速さは増していく。気づけば図書館についていた。今日も変わらず図書館がそこにあるだけで、僕の心は随分と落ち着く。最早精神安定剤だな。

「やっほ、藤枝君」

今日も日高《ひだか》さんはいつもの席にいた。出会って一か月以上経《た》った今、僕には及ばないとはいえ、かなりの頻度で図書館に来ているんじゃないだろうか。部活も趣味も特になさそうだし、暇なんだろう。遊び相手なんていくらでもいるだろうに、大丈夫なんだろうか。彼女の人付き合いが心配になる。

「どうだったの、三者面談」

「指摘されるだろうなってことを言われただけ。人生におけるタイムロスだよな」

「暗いとかどうとか言われたんでしょ」

「それくらい露骨な言い方してくれた方が気は楽なんだけどな」

そんなリスキーな発言、普通の教師ならしないだろうけど。というか日高さん僕のことを暗いと思っているのか。まあ、言われても仕方ないことではある。実際、全然笑わない人間はどうしても暗く見えるし、僕ほど笑わない人間は不気味の域に達していてもおかしくはない。

「今日は勉強してるんだな。テストでも近いのか？」

日高さんの手元には英語の問題集と参考書が広げられている。英語、僕は苦手なんだよな。というか、英語に限らずほとんどの教科は苦手だ。唯一国語だけがまともに点数が取れる。これも日々の読書の賜物《たまもの》だろう。

「ううん、テストはこの前終わったところ。もう二年生だから、勉強しておく方が賢明かなと思って。ほら、人生何があるかわからないし、保険をかけておいて損はないでしょ」

勉強しておく方が賢明、か。彼女の言っていることは概《おおむ》ね正しいのだろう。と、なれば僕は賢明な頭をしていないということになる。やりたいことが見つからないというのは、目の前にある学生の本分を放棄していい理由にはならない。わかってはいるんだけどな。

「やっぱり日高さんって賢いよ。部活も入っていなくて、将来につながる趣味とかもないなら、勉強した方が賢明っていうのは確かだ。それに、それを実行できるっていうのが僕からしたらすごいことだ」

聞いて、うーん、と日高さんは小さく唸《うな》る。皮肉抜きにして、賢い立ち回りだと思う。無駄なリスクを背負う必要なんてどこにもない。

「どうなんだろうね。賢明とも言えるし、本当にやりたいことからの逃避ともとれるけどね。意味があるのかもわからないし」

「逃避、と言っても、やりたいことって別にないんだろ」

「……まあね。やりたいことがあるなら放課後をこんなふうにゆるゆると過ごしてはいないよ」

「だからその放課後を少なからず自分の身になることに使っているじゃないか。それが賢明なんだよ」

いくら学校側から受験を意識付けられたって、そうそうやりたいことなんて見つかるものじゃない。それに、やりたいことや夢とか目標って、口に出すのが案外恥ずかしかったりするものだ。人には言えない夢や目標を持っている人間なんていくらでもいるだろう。こうは言っているものの、日高さんもそれらを抱えている可能性だってある。

かりかりとペンを走らせる日高さん。勉強しているところに、あまり話しかけるのも迷惑か。僕はふらふらと立ち上がり、適当な本を見繕うため館内を回った。

二時間くらい経った頃、日高さんは溜《た》まっていた疲労を吐き出すように深呼吸をし、伸びをした。よくそんなにも集中力が保《も》つものだ。僕が問題集と向き合ったら、保って三十分くらいなのに。

「ねえ、ちょっと気分転換に外行かない？」

僕は日高さんの誘いに乗って、本を閉じ立ち上がる。断る理由は別になかった。

五月にもなれば、日差しも大分暖かくなってくる。子どもの日を過ぎても、所々で鯉《こい》のぼりをまだ掲げている家が見られた。上げるのはいいけど、いざ片づけるとなるとちょっと大変そうだもんな。こうしてその季節の風物詩が見られるというのが、僕がこの町を気に入っている理由の一つでもあった。都会に行けば行くほど、こういうのって目に入らなくなる気がする。やっぱり適度に田舎な方が僕には住みよい。

「のどかだね」

「この町がのどかじゃないことなんて、そうそうないよ」

僕たちは図書館横の木の下にあるベンチに腰かける。ちょうど日陰になっているので、日光に焼かれる心配もない。図書館の向かいにはグラウンドがあって、今日はそこで少年野球をしているみたいだった。少年たちの元気な声と、金属バットが白球を叩《たた》く快音が響く。

僕たちは映画を見に行った日から、ほとんど毎日のように顔を合わせていた。流石《さすが》に毎週毎週どこかに出かけるのも高校生の財布事情的に厳しいので、やはり多くの日をこの図書館で過ごしている。

「次、どこ行こうね」

「この間のスポーツ施設みたいに、翌日筋肉痛で動けなくなるようなのはやめておこう」

「あー、あれは大変だったね。普段運動しない人間が気軽に行っていいところじゃなかったよ」

この間日高さんの提案で屋内型スポーツ施設に行った。僕たちは軽い気持ちで行ったけれど、二人とも運動不足だったおかげで見事に筋肉痛になってしまった。

普段しないからといって、バッティングにキャッチボール、バスケ、バドミントン、ゴルフなど施設内でできるスポーツを手あたり次第試したのがよくなかった。

上手くできなかったら再挑戦したくなってしまうというのが、スポーツの罠《わな》であることを今回で知った。変な意地とプライドが働いて引くに引けなくなるのだ。結果、帰る頃には僕たちはよぼよぼの老人のような歩き方で休み休み帰ることになった。原因は僕たちの強情さにあるのかもしれないけど。

充実した時間にはなったんだけど、失った体力も大きかった。その上、目的に対する結果だけ見れば失敗だった。僕はまた、笑えなかったのだ。遊びとしては合格でも、目的を達成できなかったのであれば元の木阿弥《もくあみ》に過ぎない。

「どこに行こうって言われてもな。それは君が考えることじゃないか？」

「そっか、そうだよね。君を笑わせるために行くんだもんね」

「言い出しっぺが忘れてたのかよ」

「いやいや、冗談だよ。……うーん、でも藤枝君の場合って狙《ねら》ったところであんまり意味がなさそうなんだよね」

うし。

「行き先がわかっていたら構えてしまう部分もあるしな」

「だったらさ、君が行きたい所はないの？」

行きたい所、か。笑えなくなる前からそこまで出かけるタイプではなかったし、そう訊《き》かれてもちょっと困ってしまうんだよな。それに、本当に行きたい所なら一人でも行っているだろうし。

僕が黙って考え込んでいると、日高さんは相好を崩す。

「また考えておいてよ。君が行きたい所なら、私も興味あるし」

僕が思いつく行きたい所なんて、それほど大したものじゃないと思うけどな。そう思いつつ、考えてと言うのなら頭の片隅に覚えておこうと思った。

僕たちが次の行き先について相談していると、少し離れた所から誰《だれ》かが僕の名前を呼んだ気がした。気のせいだと思い無視をする。僕の名前を呼ぶ奴《やつ》なんて滅多にいないのだ、聞き間違いだろう。しかし、声は近づいてくるなりその発音の明瞭さが増して、次第に明確に藤枝、と呼んでいることがわかってきた。

「お友達？」と日高さんが言うので、その視線の先を追ってみると見覚えのある坊主頭がこちらに向かって手を振っていた。違う、決してそいつはお友達なんかじゃない。

「こんなところで何してるんだ」

近づいてきた高瀬《たかせ》は僕に言い放つ。学外で同級生に会いたくない僕にとっては、好ましくない展開だ。

何をしているか？　だって。それはこっちのセリフだ。何でこんなところに高瀬がいるんだ。まさか図書館に来るわけでもないだろうし。

「今日部活なかったし、自主練してたんだ。ほら、ここってテニスの壁打ちができる場所あるだろ」

僕が訊く前に自らそう言って、高瀬はその方向を指差す。あの壁、そうやって使うものだったのか。今まで一切《いっさい》意識したことがなかったから知らなかった。

ジャージを着て、ラケットケースらしきものを肩に掛けているので嘘を吐いているわけではないだろう。額には薄っすらと汗が滲《にじ》んでいた。全く、部活熱心なことだ。

「藤枝こそ、何してるんだよ」

「前も言ったろ、読書してるんだって」

「ああ、そんなこと言ってた気がするな。そういえばここ、図書館だったっけ。ちなみに俺《おれ》の家、こっちの方向なんだよ。また顔を合わせることあるかもな」

はっはっは、と快活に高瀬は笑う。また顔を合わせることがあるかもだって、冗談じゃない。心からそれを望まない僕だったが、それを防ぐ術はない。ばったり出くわしてしまうのなら、その日がただの凶日だっただけだ。つまり本日は凶日である。

高瀬の顔を渋い顔で睨《にら》んでいると、彼の目が泳いでいることに気がついた。その視線はちらちらと日高さんの方に向けられている。僕が女子と一緒にいるのがそれほどおかしいのだろうか。

ちょっと、と肩を摑《つか》まれて、僕は日高さんの隣から引き離される。引っ張る力の強さは、まぎれもなく運動部のそれだった。

彼女に聞こえないところで、高瀬は訊いてくる。日高さんは興味深そうに僕らのことを見ていたけど、少し驚いているようにも見えた。

「あのさ、藤枝の隣に座ってる子、もしかして彼女？」

「は？」と思わず声が出てしまう。

「そんなわけないだろ」

「……だよなあ、焦《あせ》ったよ」

高瀬は額に浮かんだ汗を拭う。だからさっき目が泳いでいたのか。思春期の男子高校生ってのはやたらと邪推したがるもので困る。過ごす時間は多いとはいえ、あくまで僕の抱えている笑えないという問題を軸に成り立っている関係だ。付き合う付き合わないとか、そういう話じゃない。

「じゃあ俺、帰るわ」

変な間があった後、高瀬はそう言った。高瀬は日高さんに向けて軽く会釈し、帰って行く。去り際に僕に向けて手を挙げてきた。身長が高い分歩幅も大きい高瀬がどんどん遠ざかっていく姿を、僕はしばし眺めていた。

　ベンチに戻ると、日高さんは目を丸くして僕のことを見る。

「藤枝君、ちゃんと学校に友達がいたんだね」

「友達じゃない」

「友達じゃないんだ。じゃあ何なの？」

「去年同じクラスだっただけだ。それに、友達のいる人間が毎日図書館に来てるなんておかしいだろ」

「それもそうなんだろうけど、そんな悲しいことを当たり前みたいに言わない方が良いよ」

　僕はグラウンドを駆け回る球児達を一瞥《いちべつ》した。ああやって打ち込めることがあったなら、僕もまた何か違ったんだろうけど。趣味でも探した方が良いんだろうか。

「そういえば、日高さんも最近はよく図書館に来てるけど、友人関係とかは大丈夫なのか？僕に気を使う必要はないんだ。元々一人でいたわけだし」

「いやいや、気を使って図書館に来てるわけじゃないよ。むしろその逆。それに、藤枝君は勘違いをしているけれど、私はそんなに友達多いわけじゃないんだよ」

　そんな謙遜を。日高さんみたいな周りを明るく照らす人間に友達が少ないなんて、そう簡単には信じられない。そういう人間の周りには自然と人が寄ってくるものだ。

「日高さんが友達少ないなんて、イメージないな」

「君はちょっと私を過大評価しすぎなのかもね」

「別に、客観的に日高さんを評価するとそうなると思うけど。友達が多くないっていうのも、親友だと思える人がいない、とかそういうことだろ？」

「わ、私にも親友くらいいるから！」

日高さんは慌てた様子で自分のスマホを取り出して、必死に画面をスクロールしていく。そして指を止めたかと思うと、画面をこちらへ向けて突き出してきた。僕の顔のすぐ近くまで突き出してきたので、少し身体をのけ反らせて画面を見る。そこに写っているのは、日高さんともう一人、真黒なショートヘアの女の子だった。カメラを睨むようにして、鋭い視線を向けている。同じ制服に身を包んでいるあたり、同級生か何かだろう。

「これ、今と制服が違うけど中学生の時の写真だろ」

今と大きく変わることはないけど、写真に写る日高さんの顔は少し幼く感じた。やけにきつい目をしたこの子が、日高さんの親友なのだろう。

「いいでしょ、別にいつの写真でも……。みずき、写真に写るのが苦手だからその、貴重なんだよ！」

「見ず知らずのみずきさんの写真が貴重だと言われても困るんだけど。というか、何をそんな焦ってるんだよ」

日高さんの顔はほんのりと赤みを帯びている。流れで見せたとはいえ、昔の写真を人に見られるのが恥ずかしいのだろう。表面的とはいえ、自分の過去を人に晒《さら》すのはなかなかに勇気のいることだと思う。僕だったら間違いなく、人に見せるとなれば抵抗を感じるはずだ。

「まあ、落ち着けよ。ちゃんと親友がいることはわかったから」

「わかったならいいよ」

必死になって証明しようとしなくてもいいのに。そもそも僕は日高さんに親友含め友人が少ないと思っているわけでもないのだから。僕は日高さんが落ち着きを取り戻したのを見て、ベンチの背もたれに身体を預ける。

「君がここに来るために友人関係を疎《おろそ》かにしていないならいいんだ。僕の為《ため》におかしな犠牲を払うことはないんだから」

「心配しなくていいよ。私が来たくてここにいるだけだから」

それならいいけど。学生の人間関係なんて付き合いが悪いとかくだらない理由で壊れたりするものだと思うから、少し心配にはなってしまう。それに、そんなことになっても僕には一切責任が取れないのだ。

「藤枝君はさ、友達つくらないの？」

なんて悲しい質問だろうか。自分で友達がいないことを公言するのには何の抵抗もないのに、他者にこうして言葉にされるのはちょっとばかし心に来るものがある。

「そりゃあ、できる分には何も問題ないさ。自分からつくるつもりはないけどな。自分から話

しかけておいてくすりともしない奴なんて、近寄りがたいだろ」

「うーん、そうかもね」

日高さんは首を捻《ひね》りつつ小さく何度か頷《うなず》く。

「仮に友人と呼べそうな人ができたとして、笑えない奴なんてそのうち愛想尽かされるだろ」

「そうとも限らないよ」

「と、言うと?」

「私は愛想なんて尽かしてないもん」

日高さんは鼻をふんすと鳴らしてドヤ顔を決める。なんだこいつ。

「まだ初めて会ってから一か月程度しか経ってないだろ」

「そうだね。だから私は最長記録を目指すんだよ」

ぐっ、と僕に向けて親指を立ててくる。反応に困った僕は無視して返答する。

「そんなの目指してどうなるんだよ。というか、それだと僕がずっと笑えないままってことだろ」

別に僕が笑えるようになったらこの関係が終わる、ということをお互いの間で決めているわけではないけど、そうなるんだろうなと僕は思っている。その結末を望んではいないけど、なんとなく。

「それもそうだね。藤枝君には笑えるようになってもらわないと」

「だったら早く笑わせてくれよな」

「はいはい、言われなくてもやってみせますよ」

そう言って日高さんは、べっと小さく舌を出す。

あんまり期待せずに待っておくことにしよう。と、当の本人は他人任せ極まりない態度である。僕が一人でできることのほとんどは笑えなくなってすぐに試したのだから、今更張り切ったってどうにもならない。日高さんが与えてくれたチャンスに上手く乗っかろう程度の気持ちでいるのが適度な姿勢なんじゃないだろうか。

僕は口を大きく開けて欠伸《あくび》をする。涙で滲んだ視界には眠たくなる程の平穏が広がっていた。風が木の葉を揺らす音や野球少年達の元気な声は心地良いバックミュージックとして耳に馴染む。暖かい日差しは僕を眠りへと誘おうとしている。

うつらうつらしていると、隣に座っていた日高さんはすくっと立ち上がってどこかへ向かう。どこへ行くんだろう、と思いつつ眠りの狭間《はざま》を行ったり来たりしている僕は座ったまま動かない。気づけば僕の薄れゆく視界から日高さんの姿は完全に消えていた。

「えいっ」

薄ぼけた現実世界から呟《つぶや》くような掛け声が聞こえてくる。一瞬夢か現実かわからなかったけど、ほどなくして脇腹《わきばら》の辺りにぞわっとする感覚が走った。

「ひっ」

声にならない声が僕の口から飛び出る。脇腹を抱え込むように手で押さえると、少しひんやりした誰かの手と重なった。

「何やってるんだ」

僕は睨むようにして後ろを振り向く。容疑者は初めから一人しかいない。

「くすぐったんだよ。いたずらしてみただけ」

そう言うと日高さんは再び僕の脇腹をくすぐり始める。再びぞわぞわした感覚が脇腹にやって来て、僕は苦悶《くもん》の表情を浮かべた。慌ててその手を振り解《ほど》こうともがく。

「弱いんだね、君」

「うるさい」

何とか日高さんのくすぐり攻撃から抜け出して、次は食らわないように臨戦態勢に入った。くすぐったいのもあるけど、後ろからだと抱き着かれるような体勢になってしまう。それの方が心臓に悪くて仕方がなかった。無邪気なのは良いけど、僕だって一応年頃の男子だということを忘れないでいただきたい。

「物理攻撃も駄目だったかあ」

言って、日高さんは残念そうに小さく息を吐く。ううむ、と顎に手を当てて何やら考え込む仕草をしている。かく言う僕は先程の戦闘で削られた体力とメンタルのせいでまだ肩で息をしていた。息を整えるため、ゆっくりと深呼吸をする。

「なんて古典的な方法を採るんだよ」

「いやあ、まだ試してないなと思いまして。笑えなくなってから、他の人にもされていないでしょ?」

「笑えなくなって気落ちしてる人間をいきなりくすぐる奴なんていないだろ。比較的笑えないことに対して精神的安定が取れている今の僕じゃなかったら、手が出ているところだった」

「それは怖いねえ」

怖がる素振りも一切見せず、彼女はそう言ってからからと笑った。

手を出す、というのは冗談だ。僕だってちゃんと人を選ぶ。

「大分、君との距離も縮まってきたかな?」

嬉《うれ》しそうに日高さんは言った。まるでゲームのミッションを進めているかのような口振りだけど、実際僕もそう感じてしまっている。特に一緒に映画を観に行ったあの日から、一気に距離は詰まった気がする。よく考えれば、今の僕にとって最も親しい人間は日高さんなのかもしれない。

その変化にむず痒《がゆ》さを感じながらも嬉しくあり、また一抹の不安も抱いていた。僕たちの曖昧な関係性はどこまで続くのかわからない。僕自身、そう長く続かないものだと思っていたし、彼女の胸の内も一切見えてこない。できあがったものを壊すのは簡単だけど、それには相応の覚悟が必要だということを今更自覚した自分がいた。

「さあな」

それが頭によぎってしまった以上、僕は僕たちの関係性について言葉にするのが少し怖くもなった。僕たちが本当の意味で友人だったのなら、たとえ問題が解決して物語の幕が閉じようとこの関係は続くのだろう。

なら、僕たちの関係は。

日高さんを友人と呼べるのか否か、僕は決めかねていた。僕にとって彼女は何なのだろう。日高さんにとって僕はどういう存在なのだろう。

その答えがはじき出せない以上、僕は曖昧な返事しかできなかった。

五月は結局、大したところへ出かけることもなく、図書館で静かに過ごした。

資金不足という致し方ない理由だ。財布も休ませてあげる必要があるだろう。僕の方は普段お金を使うことも少ないので案外余裕はあったのだけど、日高さんの財布事情の方が苦しそうだった。

図書館に来ない日は友人と遊んでいたりするのだろうし、そうなれば必然的にお金がかかるはずだ。カフェに行ったりカラオケに行ったりＳＮＳ映えする場所へ行ったり。今どきの青春はプライスレスでは過ごせないのかもしれない。日高さんはバイトもしていないみたいだし、余計に財布の中身は計画的に使う必要があるのだろう。

財布のクールダウン期間中、僕は日高さんに頼んでもう一度例の漫画好きの友達からおすすめの本を借りてきてほしいと頼んでいた。読んだからって笑えるわけじゃないけど、僕はその友達の選書を気に入っていた。もしかしたらその友人と僕は近しい感性を持っているのかもしれない。

おかげで僕は普段よりも幾分か刺激のある生活を送ることができた。もし機会があるのなら、礼の一つくらい言っておいた方がいいのだろう。


時間というのは過ぎてしまえばあっという間で、なんやかんやで気がつけば六月も下旬を迎えていた。

梅雨入りしたこともあって、日高さんが図書館に来る頻度も少しだけ減った。雨に濡《ぬ》れるのが嫌というのは同意だったけど、僕はやはり毎日図書館に来ていた。それ以外に行く場所がないのだ。

本日も僕は図書館のいつもの席に座り、窓を伝う雨の雫《しずく》を眺めていた。

しとしとと降る雨を屋内から見ているのは嫌いじゃない。雨が地面を叩く音が、読書をするには心地の良いノイズだった。窓を流れる雫の群れは常に形を変え続ける絵画のようで、見ていて飽きない。

僕は日高さんがいない間は、ずっとやりたいことや目標について考えていた。

ここ最近、頭の隅にこびりついて離れなかったことだ。一人の時間を過ごしていると、どうしても頭に浮かんできて僕の思考を妨げる。

あるに越したことはないんだけど、やっぱり僕にはよくわからない。その問いをどれだけ突き付けられたところで、僕は沈黙を貫いたまま悩むことしかできなかった。

それはひとえに僕が色々なことを諦《あきら》めてきたことに起因するのだろう。笑えなくなったこともあって、行動に移す前から諦める癖《くせ》のついた僕は、いつしか空っぽに近しい人間になっていたのだ。かろうじて、本を読むという趣味が残っただけで、それ以外には何も持ち合わせていなかった。

そんな人間がさて、夢や希望、目標を持とうと思い立っても、そう簡単に見つかるはずがないのが道理だ。世界は正しく回っている。

そうは言っても、いつまでもこのままでいることはできない。

学校という組織に属している以上、時間が経てば自然、次の環境へと放り出されてしまうのだ。頭を悩ます程、胸の内にもやもやが溜まっていく。やりたいことが見つかったからといって、今の僕にはどうにもできないんだろうけど。

静かな雨の日は考えることさえ鬱屈としてしまうからいけない。こんな時に日高さんがいたとしたら、もっと違う時間になっていただろうに。

七月が目前に迫った休日に、僕は小ぢんまりとしたカフェに呼び出されていた。

休日だというのに客は僕たちしかおらず、閑古鳥が鳴いている。店自体は長くやっている雰囲気を醸し出しているので、細々と続けてきたのだろう。何だかいつもの図書館に通ずるものを感じた。それはつまり居心地が良い、ということだ。

「だらだらと過ごしているうちに、六月が終わろうとしています。さて藤枝君、あなたは今月何をしていましたか」

机に肘をつき、手を顔の前で組んだ日高さんが神妙な面持ちでそう切り出した。流れるバックミュージックがどこか厳かな雰囲気さえ感じさせる。

「読書をしていました」

「駄目です」

別に駄目ではないだろう。やや食い気味に僕の六月を否定してくる日高さんはティーカップを手に取り紅茶を飲む。似合うんだよな、日高さんと紅茶。

「まあ、何もしてないな。笑うためにどこかへ行ったわけでも、何かを探したわけでもない。ついでに言えばお金もない」

特に日高さんが。

「君は年中五月病みたいなものだもんね」

「僕に責任を押し付けられても困る」

「なんか君といると、つい気が抜けちゃうんだよね」

はあ、と小さくため息を吐く。それ、僕のせいじゃないと思うけど。

恐らく、僕たちの関係性は色んな意味で気を使わないから、その気楽さ故にだらけてしまったのだろう。僕が笑えないことは、答えの見えない問題としてずっとそこに横たわっている。そもそも笑える保証なんてどこにもないのだ。こうして日高さんの挑戦はマンネリと化す。持久戦をするならば、避けられない問題が表出してきたというところだろう。日高さんとしても、僕がこんなにも笑えないとは想像以上だったんじゃないだろうか。

日高さんは現状を打破するための作戦会議をしようと、僕をこのカフェに呼び出したそうだ。別に図書館でもできることではあるけれど、場所を変えることで気分も変わるという考えがあっての選択だろう。

「とはいえ、梅雨入りしちゃってるから、出かけるにしても少し億劫《おっくう》だよな」

「雨、嫌いなの？」

「好きなのか？」

日高さんは少し考える素振りを見せて答える。

「嫌いじゃないよ、見てる分にはね。雨の日の景色も音も心地良いじゃない」

見てる分には、か。それには僕も共感できる。

雨自体は嫌いじゃないんだけど、それに晒される立場になると別だ。濡れると気持ちが沈むし、そのくせ傘を差すという行為があまり好きじゃないんだよな、なんだか邪魔くさくて。どっちに転んでも気分が沈んでしまうあたり、僕は雨の日の外出に向いていない。

「というか、雨の話なんかよりも本題の方はいいのかよ」

「え？　ああ、藤枝君を笑わせる方法ね。うん、ごめんごめん。忘れてないよ、ちゃんとね」

「ほんとかよ」

「ほんとうほんとう」

どうどうと僕をなだめるように日高さんは手を動かす。微妙に引きつった笑みを浮かべているのは誤魔化《ごまか》そうとしている証拠だろう。全く、これだから気分屋は困る。

「ええと……どうすればいいと思う？」

どう、と訊かれても選択肢が多すぎるのだ。何をやっても笑えないかもしれないということは、裏を返せばあらゆることを試さないとわからない、ということでもある。

「いや、投げるなよ。……じゃあ日高さんから見て、僕はどんなことで笑いそうなんだ？」

問題の解決が膠着《こうちゃく》状態の時、視点を変えるというのは有効な策の一つである。それだけで難題だと思っていたことがすんなりと上手くいってしまう、というのはよく耳にする話だ。多角的な視野は大事だけど、現状この問題を共有しているのが僕と日高さんだけなのが困ったところでもある。

「難しい質問だね。うーん、雨に濡れた捨て猫を拾い上げた時にひとりぼっちの自分と重ねてしまってふと笑っちゃうとか。あとは誰かと喧嘩《けんか》になって拳《こぶし》で語り合った後に、馬鹿馬鹿しくなって笑って仲直り、とか？」

「どうして想像の僕はちょっとヤンキーチックなんだよ」

「冗談だよ、冗談。でも、そういう何気ないふとした瞬間に笑うんじゃないかなっていうのは想像できるよ。あくまで想像に過ぎないけどね」

「さっきの例えは全然何気なくないだろ」

ふふふ、と日高さんは誤魔化し笑いをする。自分で投げかけた冗談を拾わないあたり、質が悪い。

「というか君、顔は一切笑ってないんだけど、たまに笑っているように見えることあるよ」

「なにそれ、初耳なんだけど」

笑ってないのに笑っているように見えるって、どういうことだ。言っている意味がよくわからない。頭の中で無数の疑問符が駆け巡っている。

「最近気づいたんだもん。私がそういうふうに見えるってだけだから、ただの気のせいかもね」

手をひらひらとさせて日高さんは言う。

思わせぶりな言葉だったけど、もしかしたら笑えるようになる前兆だったりするのだろうか。

そうだとしたら吉報だけど、多分日高さんの気のせいな気もする。

手元のコーヒーカップを手に取り、一口飲む。苦みと酸味のバランスが良くて、飲みやすいコーヒーだ。そう気取ってはみるけれど、特別コーヒーに詳しいわけでも何でもない。

そぼ降る雨の音に耳を傾けていると、囁《ささや》くような鼻歌が聞こえてくる。窓の外の景色を眺めながら、日高さんは無意識に歌っているようだった。そのリズムは店内に流れているクラシックをなぞっている。知っている曲なんだろうか。

「好きなのか、クラシック」

僕が訊くと、小さく身体をびくつかせた後少し動きを止める。そしてゆっくりとこちらに顔を向けた。何をそんなに驚くことがあるんだろうか。日高さんはやけに複雑そうな顔で手元のカップの中を覗《のぞ》き込む。

「うーん、どうなんだろうね？」

「僕に訊かれても困る」

どうなんだろう、と答えるということはそれなりに知ってはいるのだろう。興味がなかったら、無意識に鼻歌を歌ったりしないだろうし。それに、今流れている曲を僕は知らない。クラシックに関心のない僕を基準に考えるのはどうかと思うけど、それでも誰もが知っている有名な曲ではない気がする。

「趣味ってわけじゃないのか？」

「うーん……友達はよく聴いてるけど」

そう言って彼女は自分のことには触れない。

隠すような趣味ではないと思うけど。

日高さんが自身に抱いているイメージとそぐわないと恥ずかしさを感じているのかもしれない。まあでも、音楽鑑賞、特にクラシックを聴くのが趣味というのは確かにちょっと気取っているように思われてもおかしくはない。

日高さんは何を考えているかわからない顔で、再び窓の外を見る。その姿はぼんやりと窓に反射して、日高さんの輪郭は雨粒に流され溶けていく。

見つめる先で、彼女は何を思っているのだろうか。曖昧な返事が返ってきた時に、僕はあえて踏み込むことはしない。それは僕たちが互いに踏み入らないようにしている暗黙のパーソナルスペースでもあった。

でも、クラシックが趣味なんだとしたら、それはそれで日高さんには合っているんじゃないかと僕は思う。気品と言っては大層な言葉になってしまうかもしれないけど、たまに見せる育ちの良さと嚙《か》み合《あ》ってしっくりくる気がした。

遠くを見ているかと思えば、ぱたりと身体を倒してテーブルに額を当てる。相当煮詰まっているみたいだ。あまり躍起になるのも良いこととは言えないだろう。あれだけ笑わせてあげると豪語していたから、こんなにも必死なんだろうか。気まぐれの延長線上なのだから、無理しなくていいのに。

「別に無理する必要はないと思うけど。失敗したって、僕が笑えないままってだけだから、日高さんに不利益《ふりえき》はないだろ」

「いや、私諦めないよ」

諦めないよって、駄々《だだ》をこねる子どもじゃないんだから。全く、この前向きさには呆《あき》れるし、少し羨ましくもなってくる。色んなことに折り合いをつけて、つけた気になって諦めた振りをしている僕とは大違いだ。

僕が指摘してから、彼女が鼻歌を歌うことはなかった。嫌いじゃなかったんだけどな。しとしとと降る雨は止《や》む気配がない。帰るまでには止んでいてほしいと願う反面、この静かな世界がずっと続くのも良いと思った。

二か月近く出かけていなければ、お金も自然と溜まる。親から複雑な気持ちで貰《もら》った小遣《こづか》いではあるが、これでまた日高さんとどこかに出かけることができるだろう。

日高さんは以前、僕の行きたい所を考えておいてと言った。それなりに時間は経ったけど、未《いま》だに僕は思いついていない。正直、行きたい所なんて特にないというのが本音だった。行き先がどこであれ、日高さんと一緒ならそれなりに楽しむことができるだろうし。

そう思って僕は一人、心の内で驚いた。自分の無意識に気がついて気恥ずかしくなり、頭の中からかき消す。そんなふうに思っていたのか、僕は。

沈黙の中で店内に流れる曲が変わったのに気がつく。この曲は聴いたことがある。聴いたことがあるだけで、この曲が何なのかは知れないけど。確かベートーヴェンの曲だったはずだ。記憶から素人知識を掬《すく》い上げる。

僕もクラシックに全く関心がないわけではない。曲を聴くことは嫌いじゃないけど、何から触ればいいかわからなくて手を付けなかっただけで。

もし本当にそれが彼女の趣味だというのなら、僕も少しばかり触れてみるのもいいのかもしれない。普段は図書館という僕のテリトリーにいるのだから、こちらから歩み寄るのも必要な気遣いなんじゃないだろうか。

考えていると、日高さんは飲みかけのティーカップをことりと机に置く。白く細い指はそれに触れたままで、彼女は僕に微笑《ほほえ》みかけて言った。

「ねえ、藤枝君は笑えないことが辛《つら》い？」

窓を打つ雨音が少しばかり強くなる。

どうやらもう少し、雨宿りが必要みたいだ。

冷房の効いた教室内は静かで、ただカリカリと鉛筆が紙の上を走る音だけが響く。七月上旬、期末テストの時期だ。皆一様に机に向かい、一心不乱に解答を続けている。散々受験だ進学だと煽《あお》られて、大半の生徒も気を引き締め始めたのだろう。

ただ僕だけが宙ぶらりんで、適当に埋めた解答用紙を裏返して時計を眺めていた。

ぼうっとしていたところで、指摘されることはない。先生たちはすでに僕をそういう生徒だと認知しているし、多くの先生は僕のような生徒に対しては無関心だった。結果を残せない、残すつもりのない人間には時間を割く暇がないのだろう。有益な時間の使い方だと思う。僕にとっても干渉して欲しいわけではないので、利害の一致だ。

持て余した時間で、この間の日高さんの言葉について考えてみる。

彼女は僕に笑えないことは辛いか、と訊いた。

そりゃあ辛いんじゃないか、と反射的に答えたものの、僕が本当に辛い思いをしているのかと言われると、言葉に詰まる。

実際、不便だし不利益であることには間違いがない。僕は笑えないことで友人を失ったともいえるし、人間らしさを失った感覚にも陥《おちい》った。そんな自分を人として欠けているとは思っても、不幸な人間かと訊かれれば、言葉に詰まってしまう。

初めのうちはそう思っていたのかもしれない。

僕は不幸な人間だ、と自分にレッテルを貼《は》ることで、訪れた現実から目を背《そむ》けていたというのも事実だ。もちろん世間から見ても僕のおかれている状況というのは、少なからず幸福なものではない。

だけど時間が経つに連れて、僕の中の認識は不幸な自分から不運な自分に変化していったようにも思う。改めて考えてみた今も、僕は不運な人間だ、と表した方がしっくりくる。であれば、その不運がもたらしたことについて考えるとしよう。

僕は笑えないことで、本を読んだり自分と向き合う時間が増えた。それは苦しいことでもあったけど、ただのらりくらりと生きていたままの自分では得られなかったものだ。何も考えず、友人たちと馬鹿《ばか》をして毎日楽しく生きるのも幸福のうちではあるだろうけど、そうじゃない今だからこそ得られたものもある。

それに、笑えないという欠けは僕にとって大きな意味を持つ出会いをもたらした。

中学の、何も考えていない純粋無垢《むく》なままの僕が、高校生になって図書館に入り浸るとは思わないし、そんな自分に日高さんが話しかけてくることはないだろう。

日高さんとの出会いは、僕が笑えなくならなければ存在しなかったのだ。例えばもう一度、藤枝蒼《あお》としての人生を歩むとして、笑えない道と笑える道の岐路に立たされたならば、僕は頭を抱えて大いに悩むと思う。そして、今の僕は恐らく再び笑えなくなる方の道を選ぶはずだ。

じゃあ今の僕は不幸なのか、それとも幸福なのか。

答えは沈黙。考えたところでわかりはしない。幸か不幸かなんて結局、結果論でしかない。考えすぎたって、思考の沼にはまっていくだけだ。

そうした考え事で、試験時間は着実に削られていく。

指示された問題を解いていく時間に、個人的な問答の答えを探すことばかりしている僕は、酷《ひど》く自己中心的でわがままな人間なんだと自覚する。そう思ってもなお、思考は留まることを知らない。泥のまとわりついた脳みそは、拭っても拭いきれなかった。

テストは一週間程続く。テスト期間中は基本的に午前で日程が終了し、その後はそれぞれ教室や学習室で勉強をしたり、下校したり、友達と息抜きに遊びに行ったりと自由に過ごす。一部の強豪運動部などはテスト期間中でも部活動があるらしい。

ただでさえテスト勉強で大変だというのに、熱心なものだと感心する。多少なりとも見習った方が自分の為にもなるんだろうけど、部活もしていないし、勉強にもそこまでの思い入れと熱はない。

そういえば、日高さんは夏休みの前半後半にそれぞれ夏期講習があると言っていた。希望者のみの参加らしいけど、日高さんは出席するような口振りだった。ああ見えて真面目《まじめ》というか、熱心というか、学生の本分である勉強に打ち込んでいるあたり、模範的高校生をしているなあと思う。

希望者のみの参加なんて、文言を見た瞬間に行かなくていいものと判断する人間が多数を占めるんじゃないだろうか。僕もその多数派の一員なのは間違いない。むしろその先頭を走っているとも言えてしまうかもしれない。

もうすぐ始まる長い夏休みも、例年通りなら色気の影も見当たらない砂のような日々が待っているのだろう。

選択肢が少ない分、時間のロスがなくて良いとも言えるが、少なすぎたら少なすぎたで味気のなさには繫《つな》がってしまう。実際、毎日に変化がなさ過ぎて時間の流れがやけに遅く感じてしまう、というのが例年の体験によって検証されていた。

とはいえ今年は僕の日常に今までになかった異分子が紛れ込んでいる。それがどう作用するのか、想像もつかない。突飛な発案、即行動、が彼女を異分子たらしめているのだ。

チャイムが鳴り、本日分のテスト日程が全て終わると、僕は早々に片づけをして教室を出る。テストの日はホームルームがないので、終わり次第各自解散となる。学校に居座る用事なんて何一つない僕は、迷うことなく下校の選択肢を選んだ。

昇降口が人で混む前に出よう。僕は足早に廊下を進んでいく。

「おーい、藤枝！　ちょっと待てよ！」

まだ人気の少ない廊下に張りのある声が響く。大きな声で名前を呼ぶのはやめてくれ、とは思うけど高瀬という男はそういう人間だ。これ以上大きな声で名指しされても困るので、僕は渋々立ち止まる。

「悪いな、呼び止めて」

小走りで駆け寄ってきた高瀬は僕の前に立つ。

上背のある高瀬の前に立つと、自然と見上げる形になるのが癪《しゃく》だ。

「悪いと思うなら呼び止めるなよ」

「そういうなよ。藤枝は手厳しいなあ」

高瀬は馴《な》れ馴《な》れしく、肩を叩いてくる。こういうノリは得意じゃない。馴れ馴れしくしてくるけど、僕は高瀬を親しい人間だとは思っていないのだ、残念だったな。

僕は肩に置かれた高瀬の手を片手で払いのける。悪い悪い、と後ろ頭に手をやりつつ、高瀬は話を切り出した。

「あのさ藤枝、前に図書館でたまたま会った時のこと覚えてるか？」

ああ、僕と日高さんがベンチで話していた時のことか。そういえば、ジャージ姿の高瀬が話しかけてきた気がする。外でエンカウントするなんて不運だな、と思った記憶が蘇《よみがえ》ってきた。思い出し、僕は頷く。

「それでさ、ええと、何て言ったらいいんだろうな」

「なんだよ、まごついて」

要領を得ない高瀬の様子に、違和感を覚える。妙にもじもじした態度は、普段の高瀬には見られない姿だ。いつもはあほそうに見えるくらい堂々としたお調子者、といったところなのに今日の高瀬はまるで恋する乙女のようだ。何というか気持ち悪い。少し顔が紅潮しているようにも見えた。

「いや、なんていうか。ベンチで藤枝の隣に座っていた子いるだろ」

「ああ、日高さんのこと。知り合いなのか？」

首を横に振る高瀬、その視線は落ち着きがなく四方八方に動いている。そういえば、前に図書館で会った時も妙に目が泳いでいた気がする。こいつ、一体何を考えているんだ。

「日高さんっていうのか……。なあ、藤枝頼みがあるんだけど」

先程までのふにゃふにゃした表情から一変、何かを決意したかのような顔つきで僕に詰め寄ってくる。一瞬垣間《かいま》見せた乙女高瀬の顔は、青少年らしくきりりとしたものになっていた。あまりに真剣な表情に気圧《けお》されて後ずさってしまう。

「た、頼みごとの内容にもよるけど」

「単刀直入に言うと、日高さんを紹介してほしいんだ」

「紹介？」

僕の頭の中で紹介という言葉が反芻《はんすう》する。普通に考えて紹介って言うと、日高さんに会わせてほしいっていうことだよな。何が目的で日高さんを紹介してほしいんだろうか。

「そうだよ。約束の日を取り付けてもらってさ、俺を日高さんと会わせてほしいんだよ」

「どうして会いたいんだよ」

未《いま》だ高瀬の目的が見えてこない僕は端的に核心を突いた。内容によっては頼まれても無理なことだってあるだろうし。

「どうしてって、理由なんて一つしかないだろ」

自分の口からは言おうとせず、高瀬は頬《ほお》を赤らめて「察しろよ」と言わんばかりの視線を投げかけてくる。

紅潮した顔で目を泳がせたかと思うと、真剣な顔で頼み込んできた。それに紹介、会いたい。高瀬の言動を一つずつ脳内で羅列してパズルを組み立てる、時間にすれば数秒の間に、鈍感な僕でもようやく気がつくことができた。

「なんでそんなこと僕に頼むんだよ」

高瀬の意図に気がついて、そして小さな苛立《いらだ》ちに似た感情を覚える。ただ怒りが湧く以上に、悶《もだ》えるような正体不明の気持ちが僕の心の中で渦巻いていた。

何で僕が高瀬と日高さんの仲を取り持たないといけないんだ。勝手にしてろよ。こっちは自分のことで精一杯で、他人の面倒を見ている暇なんてないんだ。

「頼めるのはお前しかいないんだよ、わかるだろ。な、頼むよ！　この通り！」

高瀬は大げさに頭を下げて、その上で両の手のひらを合わせる。

だらだらと話しているうちに教室内からはぞろぞろと生徒たちが出てきてしまったようで、足音の群れが近づいているのがわかった。早く収める必要がある。もしくは何も言わずにこの場から逃げ去ってしまうか。

こんな構図を大勢の生徒に見られたら、少なからず注目を集めることになるだろう。それは僕にとっても不本意で不都合な展開だ。高瀬は再びよく通る声で「頼む！」と懇願する。だから目立つからやめろって。

「わかった、わかったからやめろ」

意地でも譲らないであろう高瀬に根負けして、この場は一度承諾した振りをして撤退することにした。この状況さえ収めてしまえば、後で適当に理由をつけて断ってしまえばいいだろう。

「本当か、藤枝。ありがとうな！　持つべきものは友達だな！」

満面の笑みで高瀬は俺の手を握りぶんぶんと上下に振り回す。やはりこいつのノリにはついていけない。というか、友達じゃない。適当なことを言うなよ。

そして高瀬は最後に連絡先の交換を求めてきた。正直全然乗り気じゃなかったけど、直接こいつのむさくるしさを感じなくていいと思えば少しはましだと思った。まさか送ってくるメッセージまでむさくるしいことはないだろう。連絡先の欄に、本当に必要性のなさそうなアカウントが登録される。一定期間使わなかったらブロックでもしておこう。

そうこうしている間に、残念なことにすでに生徒の波は僕たちの所まで到着してしまっていた。がやがやと迫りくる人混みの中から高瀬の友人らしき三人組がやってきて、彼を見つける。

「何やってんだ高瀬。行くぞ、カラオケ」

「ああ、今行くわ！　じゃあ、ありがとな藤枝」

去り際にそう告げて、高瀬はそのグループの輪に入っていく。いかにもカースト上位、といった雰囲気の彼らは今後とも僕に縁のない人間たちだ。三人とも高瀬みたいな変人だったら話は別だけど。

「何、あいつ？　あんな暗いのとつるんでんの？」

雑踏に紛れてグループの一人が高瀬にそう言うのが聞こえた。好き勝手言うのはいいんだけど、そういうのはもっと離れてからにしてくれよ。昇降口は一つしかないのに、鉢合わせたら気まずいだろ。

僕も人の間を縫うようにして、昇降口に向かう。できるだけ足早に学校を出よう。そう思った。

気にした者負けだ、こういうのは。どうせ言った人間はすぐに忘れてしまうんだし、いちいち気にするよりも言われた側も忘れることに徹するのが平和的で最も早い解決策だろう。

僕は学校を出るまで、一度思考をシャットダウンしておくことにした。体力のない無気力人間にはこうしたクールタイムが重要なのだ。

がやがやと生徒の話し声が飛び交う中でも、高瀬の声はよく通る。

「話してみると、案外面白《おもしろ》い奴だよ」

そんなふうに聞こえた気がしたけど、それが事実かはわからない。人混みの中で、ただの空耳かもしれないし。

僕はふんと鼻を鳴らして、下駄《げた》箱からスニーカーを取り出す。納得のいかない感情に駆られたまま、逃げるようにスニーカーのかかとを踏み潰《つぶ》した。

図書館に向かう道中、僕はずっともやもやした気持ちで考え事をしていた。

正体不明の異物が腹の中に居座っているかのようだった。気持ち悪いとか、怖いとか悲しいとか、そういった感情とはまた違ったものだと思う。ただ、それのせいで僕の気持ちが揺れて傾きかけているのは間違いがない。僕はそれを取り除く術を知らなかった。

高瀬は日高さんのことが好きになったんだろう。

いわゆる一目惚《ぼ》れというやつだ。理由とか、そういうのを抜きにして一目で好きになってしまったんだとしたら仕方ない。僕には理解できない感覚だけど。

そして、高瀬は僕に仲介役を頼み込んできた。つまりは恋のキューピッドだ。僕がキューピッドなんて縁起でもない、疫病神の間違いだろう。僕は誰かと誰かの縁を繋《つな》げられるような人間じゃない。自分自身の人間関係だって上手くいっていないのに、他人の手助けをするほどの暇があるわけないのだ。

仮に僕が日高さんに高瀬を紹介したとして、彼女はそれをどう思うのだろうか。

疑問に思うのは間違いないだろう。それから困惑して、また厄介な問題を抱えてきたのか、と迷惑がったり嫌がったりするかもしれない。もしくは、いつものように笑って受け流すか。どちらにしても否定的な姿勢を取りそうなことは想像ができた。

いずれにせよ、僕は高瀬を紹介することに乗り気ではない。

もやもやの原因は明白だった。

ただ単純に断ればいいのだろうけど、僕にそれをする資格なんてあるんだろうか。別に、彼女は僕の恋人でもなんでもないのだし、断る理由を探しても自分勝手な答えだけが自問自答の末に返ってくる。

道端に転がっている小石を蹴飛《けと》ばす。コツコツと跳んでいくそれは二、三度蹴《け》ったところで草むらの中に消えていった。僕はそれを探さない。

結局正しい解答が見つかることのないまま図書館に辿《たど》り着く。青々と茂った木々のおかげで、夏が深まるにつれて図書館は影の中に入っていく。木漏《こも》れ日《び》がその影を抜けて地面に零《こぼ》れ落ち、淡く輝く模様を作り出していた。

空調の効いた涼しい館内に入り、僕は一直線にいつもの席に向かう。もしかしたら先に来ているかもしれないと思ったけど、そこには誰も座っていなかった。僕は小さくひと息つく。

気持ちの落ち着かない僕は席に着いて、柄にもなく英語の単語帳を眺めてみた。少しは身になることを頭に詰め込んだ方が余計なことを考えなくて済むかと思ったからだ。しかしながら、普段勉強をほとんどしない人間がいきなり集中して単語帳なんて見ていられるわけなく、ただ書かれている英単語が目を滑るだけだった。

意識はすぐに先程の考え事に向かってしまい、ただ勉強をする格好だけの抜け殻がそこにはあった。いつも抜け殻みたいなものだから、大して変わりはないんだろうけど。

「藤枝君が勉強してるとこ、初めて見たかも」

声をかけられて現実世界に引き戻される。気づけば日高さんが向かいの席に腰かけていた。

「テスト前だからね」

「嘘、単語帳見てる振りだけでしょ」

あっけなくばれてしまう。日高さんってたまに勘が鋭いんだよな。これ以上見ている振りをしても意味がないので、僕はぱたりと単語帳を閉じて鞄《かばん》にしまい込む。

「正解だよ。テストを前にして足掻《あが》くならもっと効率の良い勉強をするしね」

「単語帳って普段から勉強している人が知識の補強の為に見るものだもんね」

そう、普段からまともに勉強していない僕には大して必要のないものであることは間違いない。補強も何も基盤がないのだから。

「どうしたの、勉強する振りなんかして」

いたずらっぽい笑顔で日高さんは語り掛けてくる。やはり笑みというのは人の印象を随分と柔らかくするんだろうな、と彼女といる時はよく思う。

「テスト前に勉強をするのは常識だろ。普通の人にとっての常識に沿った行動を取れば、僕も普通になれるのかどうかの検証をしていたんだ。勉強もまずは形から、ってな」

適当なことを言って誤魔化すも、日高さんの目からは猜疑心《さいぎ》が見て取れる。

先程の件を日高さんに伝えるべきか否か、僕は未だに迷っていた。話を切り出すにしても、もう少し心を落ち着けてからの方が良いだろう。焦ったら余計なことを言いかねない。

「形から、というか形だけ、って感じだね」

そう言うと日高さんは僕の目をじっと睨むように見つめる。細めた目の奥の瞳《ひとみ》が無言のメッセージを訴えかけてくる。僕はすっと目を逸《そ》らした。合っていないはずの視線が痛い。

「ねえ、藤枝君。君、何か隠し事してるでしょ」

警察犬顔負けの勘の鋭さだ。特殊な訓練でも積んできたのだろうかと疑うくらいに。ポーカーフェイスには自信があるんだけどな。どうやら今日の日高さんは随分と勘が冴《さ》えているらしい。もしくは僕の挙動の方がおかしいいか。

あまりに勘の良い日高さんを前にして、僕は一応最後の足掻きをみせる。

「隠し事の一つや二つくらい、誰でも持ってるだろ」

「隠し事っていうのは、他人に気づかれなくて初めて隠し事って言えるんだよ。確かに藤枝君は嘘が上手じゃないね」

くすっと笑って日高さんは言う。

どうやらお手上げみたいだ。

これ以上隠していたって、永遠に続く詰問に精神がすり減るのが目に見えている。そもそも僕が勝手に決めていいことでもないので、とりあえず本人に放って様子を見るのも一つの手だろう。多分、言ったところで彼女はさも当然のように断る気がするし。

端的かつ気軽な感じで伝えようとして、言葉に詰まる。いざ日高さんに伝えようと思うと、急に何を言っていいのかわからなくなった。彼女、怒らないだろうか。

「あー、なんて言えばいいか。日高さんはさ、付き合ってる人とかいるのか？」

「えっ」

日高さんは驚いて思わず声を漏《も》らす。僕は何を口走っているんだろうか。遠回しに訊いていこうとしたせいで、思わぬ質問をしてしまった。これだと僕が変に意識しているみたいじゃないか。なんか娘の恋愛に口出しする父親みたいな喋《しゃべ》り方になってしまったし。

「藤枝君がそんなことを訊いてくるなんて、思ってもなかったな」

僕自身も平常心を保っていたなら、こんなことを訊かなかっただろう。恋愛とは縁のない僕がそんなことに関心を示していたら、誰だって意外に思うはずだ。適当なその場しのぎをする癖が、裏目に出てしまった。

僕がどうしようかと黙って悩んでいると、日高さんは口を開く。

「いないよ」

若干照れ臭そうに笑って彼女は答える。

「そうか」

自分から訊いてしまったくせに、上手い返事が見当たらない。

言いようのない空気になってしまったので、話を本題へと戻すことにした。

「あのさ、前にそこのベンチに僕たちが座っている時に話しかけてきた男、覚えているか？」

「うん、覚えてるよ。あの坊主頭の藤枝君の友達でしょ」

「いや、友達じゃない。それは置いといて、そいつが日高さんと話したいんだってさ」

日高さんは真顔で小さく息を吐く。少しの沈黙に、僕は怯《ひる》んだ。一瞬空気が凍ったように思えたのは気のせいだろうか。同じ微妙な空気でも、さっきとは全く違う。一触即発に近い雰囲気が僕たちを取り巻いているように感じた。ひりついた静けさが肌を刺す。

「いいよ」

あれ？

話の顚末《てんまつ》に恐れていた僕を嘲笑《あざわら》うように、簡潔にさも平然とした様子で日高さんは答える。むしろそれを聞いた僕の方が動揺してしまった。予想を大きく外した回答に、僕の頭は瞬時に真っ白になる。確かに今、日高さんは高瀬の頼みを承諾したんだよな。本当にそう言ったのか、自分の耳と記憶を疑ってしまう。

何事もなかったかのように、日高さんは鞄から勉強道具を取り出し、テストに向けての対策を始める。思考が正しい経路を見失って、動いては急停止を繰り返していた。

日高さんは絶対に何かしらの理由をつけて断るんだと思っていた。出鼻を挫かれたというか、顔面を拳で強く殴りつけられたような気分だ。何よりも先に驚きが訪れて、正常な判断を奪っていく。

どうして彼女はさらりと高瀬の望みを承諾したのだろう。

なんで、どうして、と疑問の言葉ばかりが宙を舞う。

いやいや、高校生なんだからそういう恋愛のきっかけ的なものに興味を持つのは普通のことだろうし。僕が勝手に悶々《もんもん》としているだけで、案外こういうのはよくあることで思っているよりもラフなやり取りなのかもしれない。

何とかして自分を納得させようと試みる。

気づけば僕の腹の中にあった異物も大きく膨れ上がっていたようで、それに気がついてしまったが最後、言い表せない不安に襲われた。日高さんが承諾して、僕の精神状態に支障が出るということは、そうだったんだ。自分の鈍感さにはほとほと呆れてしまう。僕は自分の気持ちすらわかっていないのだから。

僕は日高さんを高瀬に会わせたくなかったのだ。

それはきっと独りよがりで、酷く自己中心的な、僕という人間の底に隠れた欲望だ。自分みたいな人間がそんな気持ちを抱くなんて思ってもいなかった。笑えないくせに一丁前に嫉妬《しっと》心は持てるんだな、と自分を皮肉る。

高瀬の頼みを日高さんが了承してしまったのなら、僕にはそれを止める術も権利もない。ことはもう動き始めてしまったのだから、僕は傍観者になることしかできない。

「じゃあ、明日でいいか」

口に出した言葉が変に裏返ってしまう。自分の出した言葉のはずなのに、それと思考が乖離《かいり》してしまっているかのようだった。それはマニュアル通りに、二人の仲を取り持つキューピッドとして機能することに屈した証しだ。馬鹿馬鹿しいくらいに薄っぺらくて小さい存在だな、僕は。

「うん、それで大丈夫だよ」

問題集を見つめたまま、日高さんは答える。意識の大部分が勉強の方に傾いているのか、その声は冷たく感じる程に素っ気なかった。僕という認識フィルターが勝手に事実を変換しているだけかもしれないけど。

僕の見ている世界は僕の精神状態で、その都度色を変えていく。日高さんが僕の色を奪った、もしくは僕が勝手にモノクロの世界に沈んでいった、どちらとも言える。あとは原因をどこに押し付けるか、僕の心が自然に決めるのだろう。

僕はもう何も言わなかった。

これ以上口を開いたところで、惨めな気持ちになるだけだから。

話したい人がいる、と聞いて日高さんが何を想像して、どんな結果を見たのかはわからない。ただ、彼女は僕と違って勘が鋭いし頭も良い。きっと、瞬時に色々なことを考えて下した判断だったのだろう。

日高さんにとって高瀬の頼みは、どうってことないものなのだ。ただ、偶然それが僕にとっては不都合で不本意だっただけ、それだけだ。自分に言い聞かせる。そう考えるのが最も精神的負荷がかからずに済むから。結果のことなんて、過ぎてみないとわからない。

ただ、もし考え得る中で僕の望まない結果に至ったとしても、それを受け入れる準備くらいはしておいた方がいいんだろうな。

この頃は少しだけ、日高さんとの距離が縮んできたんじゃないかと思っていた。彼女もそう言っていたし、曖昧な返事をしたとはいえ僕も同じ気持ちを共有していた。かと思えば、指の間からするりと抜け落ちるようにこぼれていく。距離なんて、縮めば縮む程いいわけじゃないんだ。きっとどれもこれもバランスが大切で、大切が故に限りなく難しい。

近しい存在になればなる程、期待して、望んで、手元に置いておきたくて。そしてふらりと相手が自由に振る舞うだけで勝手に失望してしまう。人ってどうしてこんなに面倒臭くできてしまったんだろうな。

僕にとって日高さんは、友達とまではいかなくても、ただの知人を超えた存在にはなっているんだろう。未だに上手く言い表せない関係性ではあるが、確かに僕たちの中に繋がりは存在している。それでも僕は、日高さんの知らない一面を見た時にどうしても不安になってしまうのだ。

隠す隠さない、期待した裏切られた、の話じゃない。僕はただ単純に、日高さんのことをまだ知らないだけなのだ。この短い期間で、彼女のことを知ったつもりになっていただけだ。

自分の浅く狭い視野と人間性に、僕は腹立たしくなった。

翌日、テストが終わると高瀬が話しかけてきた。

昨日の夜からやたらとメッセージが送信されてきて、その内容のどれもが日高さんとの約束に関する質問だった。初めのうちにちゃんと約束は取り付けたことを伝えたのに、どうでもいいことを何度も送ってくるので、未読のまま通知を消していた。

第一声からメッセージを無視したことを問い詰めてきたのだけど、そんなことどうでもいい僕はそれすら無視する。別に高瀬のことを恨んでいるわけではない。いや、疎ましくは思っているけど。

結局のところ僕が何に不満というか悩まされているのかというと、日高さんのした選択なのだ。

僕の知る彼女らしくない選択ではあるが、それはあくまで僕が彼女のことを知ったような気になっていたからそう思い込んでいるだけで。実際に彼女が選択したものが、日高咲良《さくら》のリアルなのだ。認めたくない事実だが、僕が色々な前提を勘違いしていただけで、それが回り回って自分の元へ帰ってきただけの話。

それが昨日家に帰って出した結論だ。

「なあ、日高さんってどんな人なんだ?」

図書館への道すがら、高瀬は訊く。

まさかこいつと一緒に下校してどこかへ向かう日が来るなんて思ってもいなかった。あくまで不本意な理由ではあるから、当然のように僕の機嫌は良くない。というか、気分としては最悪だった。

「明るくて元気な人」

彼女はそれだけの人間じゃない。もっと日高さんを表す言葉や言い回しなんていくらでもある。ただ、訊いてきた相手が相手なので、僕は端的かつ適当にそう伝える。何を伝えたって日高さんのことなら高瀬は喜び心躍らせるのだから、僕は上の空でこいつの話に答えていた。

どうでもいいことを延々と訊いてくるし、僕は日高さんのことを何でも知っているわけじゃないんだ。高瀬が日高さんについて訊く度、知らないことだらけであることを自覚させられる。早くこいつから解放されて楽になりたい。

苦痛に耐えつつ歩き、ようやく図書館に到着する。少し遠くの空にはぶ厚い雲が浮かんでいる。まだ晴れているけど、そのうち雨が降り始めるかもしれない。傘、持ってきてないんだけどな。

外でベンチに座っている日高さんを見つける。話す場所を館内に設定しなかったのは、そこだと高瀬の話し声がうるさくて迷惑になることを懸念した僕の提案だ。実際、こいつの声は良くも悪くもよく通る。しかし生憎《あいにく》の天気なので、そのうちどこか屋根の下を探すことになるかもしれない。

「日高さん、連れてきた。こいつが君と話したいって言ってたやつ」

僕が言うと、隣で突っ立っている高瀬の顔を、日高さんは一瞥する。座ったままだと失礼だと思ったのか、彼女は立ち上がって丁寧に挨拶《あいさつ》をした。

「こんにちは、日高咲良です」

微笑んで挨拶をする彼女の顔は、いつもよりぎこちなかった。背の高い坊主頭がいきなり話したいと言ってやって来たら、それなりの圧を感じてしまうのは仕方がないだろう。普段に比べて、声のトーンも少し落ち着いているように感じる。

「こ、こんにちは！　俺、高瀬って言います。よろしくお願いします、咲良さん」

しれっと名前呼びをするあたり、やはり僕とは人間としての種類が違うのだろう。平然とそういうことができてしまうことを羨ましいとは思わないけど、単純にすごいとは思う。他人のスペースにずかずか入っていけるのも、他人を受け入れられるのも。

「ちなみに俺、下の名前裕太《ゆうた》です。好きに呼んでください」

「じゃあ、高瀬君だね」

ずかずか入っていったからといって、必ずしもそれが受け入れられるわけではないのだ。まあ、それくらいでダメージを受けたりはしないから、そういう人間でいられるのだろうけど。

めげずに高瀬は続ける。

「咲良さんはよく図書館に来るんですか？」

「うん、よく来るよ」

「本が好きなんですよね。藤枝君から聞きました」

藤枝君？　こいつ、日高さんの前だからって猫被ってるな。話し方を変えた程度で、そう簡単に人としての印象が変わるとは思えないけど。付け焼き刃で上手くいったとして、本質的な部分が受け入れられないと結果的にそれがばれてしまった時の損害は大きいだろうに。それに、日高さんの勘の良さをあまり舐《な》めない方が良い。

「そうだねえ、好きだよ」

「実は、僕も最近本に興味を持つようになって。それで咲良さんに話が聞けたらなと思って、こうして会わせてもらえるよう藤枝君に頼んだんです」

それを聞いて少し不思議そうに日高さんは首を傾《かし》げる。

「確かに私も本を読むのは好きだけど、それなら藤枝君の方が適役なんじゃないかな。私よりも本のことにも詳しいし、同じ学校だと顔も合わせやすいと思うんだけど」

「い、いや、確かにそれはそうなんだと思うんですけど。藤枝とは話しているうちに本の趣味だけはちょっと合わないかもな、という結論に至りまして」

焦って高瀬は適当な理由を付ける。もちろん、僕と高瀬はそんな話を交わした覚えはない。すでに化けの皮剝《は》げかけているけど、大丈夫か？

前のめりの高瀬に対して、日高さんはアウトボクサーばりの冷静なカウンターを打ち込む。さらっと承諾したくせに、彼女にどこか棘《とげ》があるように感じるのはどうしてだろう。

正直、この二人の会話は嚙み合いそうにない。

見ていてもどかしくなるくらいだったけど、僕が口を挟んでもややこしくなるだけなので黙っておく。ただ、二人が並んでいる姿だけは、認めたくないが絵になっている。華があるというか、ぱっと見の印象だとお似合いだと思ってしまう自分がいた。一見爽《さわ》やかスポーツマンの高瀬と、仏頂面ここに極まれりの僕とでは、どちらが日高さんにお似合いかなんて火を見るよりも明らかじゃないか。

「そっか、じゃあ高瀬君はどんな本に興味を持ったの？」

二人の話が軌道に乗り始めたので、僕はすっとその場を去ろうとする。僕がここに居座っている意味もないし、一時離脱した方が二人の為にも、自分の為にもなりそうだ。

「どこに行くんだ？」

高瀬が呼び止める。

「ちょっとトイレに行くだけ」

僕がそう答えると、高瀬は何を勘違いしたか日高さんに見えないように僕に向けて親指をぐっと立てる。誰も後押しなんてしてないんだよ。二人の茶番を見ているのも苦痛だから、一旦《いったん》そこらを散歩でもしておこうと思っただけだ。

僕は爽やかな笑顔を向ける高瀬に背を向けて、歩き出す。日高さんの顔は見なかったけど、僕がいなくなって困ることはないだろう。彼女は僕と違って、ちゃんと人とコミュニケーションが取れる人間なのだから。

できるだけ早く二人の姿が見えないところまで行こうと歩いた。少し風が出てきたみたいで、生ぬるい空気が僕の身体にまとわりつく。湿気《しっけ》が多くて蒸し暑いから、僕は夏がそれほど好きじゃない。ふと、雨の匂《にお》いがして、やっぱり今日は雨が降るんだとわかった。降るなら降るで、早く今日という日を終わらせてほしかった。

風が吹く中、図書館の周りを大きくぐるっと回る道を散歩してみる。下校中の学生何人かとすれ違ったが、皆足早に通り過ぎていく。天候が悪化するのを恐れているのだろう。

高瀬はともかく、日高さんは傘を持っているんだろうか。そう考えた後に日高さんが自転車で来ていることを思い出す。降り始めたとしても、小雨のうちに帰れば大きく濡れることはないだろう。高瀬も僕同様、傘を持っている様子はなかったけど、別にあいつがずぶ濡れになったところで関係ない。むしろぼろ雑巾《ぞうきん》のように濡れてしまえばいい。

肌にまとわりつく湿った熱に不快感を覚える。だからと言って、図書館に戻ろうとも思えなかったし、何も言わず帰ってしまうのもどうかと思ったので、散歩を続ける。ここで帰ってしまえるような割り切った人間だったなら、どれだけ楽だっただろうか。自分の中途半端《ちゅうとはんぱ》さを僕は恨んだ。

何となく正体に気がついたものの、まだ腹の中にあの異物は残っていて、それは以前よりも黒く重たくなっている。次第に粘度を増して流動性を持ってきたような気もしていた。これが頭に上って喉《のど》から出てきてしまうようなことがあれば、僕はいよいよ止まれなくなってしまうだろう。

こういう時は決まって時間の流れが遅く感じてしまうものだ。スマホの画面で時間を確認しても、歩き出してからまだ十分も経っていなかった。

なるべく二人のことに思考が向かわないように、僕はあえて全く違うことを想像してみる。図書館で二人並んで話す日高さんと高瀬からフレームアウトして、僕は僕の想像したいイメージに意識を向けた。

彼らがどれだけ話を弾ませているのかはわからない。僕の時間は大いに余っていた。それを効率よく埋めるには、心を空っぽにしてしまうのが手っ取り早い。別に頭を無にする必要はないのだ。むしろ何かを夢中で考えたり思い浮かべることで、感情をできるだけ表出しないようにし、そうすることで無に没頭できるんじゃないだろうか。

僕は存在しない、ここから遠く離れた空想の町を思い浮かべる。

そこは海沿いの小さな町だった。町は山を沿うようにできていて、緩やかな坂道が浜へと続いている。坂だらけの町には穏やかな潮風が流れていて、海の匂いが町中に届けられる。開発された土地と違って、町には民家や個人の店舗が立ち並び、どこも静かながらに活気に溢《あふ》れている。空を見れば渡り鳥がその羽を大きく広げて飛び交い、海の方を見れば澄んだ青が視界いっぱいに広がっている。

町を一望できる山の頂上付近に、僕は立っていた。

潮風を浴び、その町で誰よりも太陽に近い場所で、人々の暮らしと広がる青を眺める。まるで町の守り神になった気分だ。僕は優しい顔でその景色を眺め続ける。

頭に思い浮かべたその景色が、現実だったらどれほど良かっただろうか。もし本当にこの町が存在するのであれば、今すぐそこへ行ってしまいたい。

今住んでいるこの町から離れることは、僕の中ではもう決定事項だけど、行き先を選べるのなら僕はこういう所に行きたかった。そうすれば今のしがらみから解き放たれて、もしかしたら笑えるようになるかもしれない。

僕の持つ今の自分自身の像を解体して、その時のあるべき姿を探しに行くのだ。

想像する程に、早く独り立ちして遠くへ行きたいという気持ちが強くなる。僕に不自由を課す存在から、早く逃れたいのだ。行った先で僕は一人になるかもしれないけれど、気にはしない。目の前にある現実から脱却できるのなら、それでも良かった。ただ一点、日高さんとの関係性は気になるけど。まあ、そこまで関係が続いている保証はないから一旦保留ということにしておく。

こうして知らない土地を想像するようになったのは、笑えなくなってからだった。

自分の笑う姿さえ想像できなくなってしまった僕は、この妄想に自然と辿り着いた。きっと、自分の居場所が欲しかったのだ。退屈な授業や、眠りにつく前、今みたいに時間を潰さなくてはいけない時、僕はこうして想像する。想像の世界では僕が神様で、全てが自分の都合良く回る。それなのに、想像の世界でも未だ笑えず、僕は僕を取り戻せていなかった。

そうやって考え事をしているうちに、図書館の周りの道を一周していた。ゆっくりと歩いたので時間は三十分以上進んでいる。

彼らはどうなったのだろうか、確かめるために、僕は再び二人の下へ向かう。近づくにつれ一歩一歩がぬかるみを歩いているように重く感じて、それに比例するように気分も重くなった。声をかけるという行為が億劫に感じ、このまま帰ってしまうという選択肢が頭によぎる。何とかそれを振り切って二人の前に姿を現すと、僕が声をかけるより先に高瀬が口を開いた。

「藤枝、ちょうど良かった。今から帰ろうとしてたところなんだ」

僕の姿を見るなり、高瀬は立ち上がる。もっと長々と居座るだろうと思っていた僕は少し驚いた。あの高瀬があっけなく帰ろうとするだなんて、日高さん、何かとんでもなくきつい言葉でも投げかけたのだろうか。

「もういいのか？」

「ああ、話せてよかった。ありがとうな頼みを聞いてくれて。咲良さんも、ありがとうございました」

「ううん、こちらこそありがとう」

　お互いに頭を下げ合う二人を、僕は訝《いぶか》しんだ顔で見ていた。二人の間でどんなやり取りが行われたのだろうか。二人の間にできた微妙な距離を僕はわずかながらに感じ取る。

　その表情に気がついたからか、高瀬は訝《いぶか》しんでいる僕に近づいてきて、小さく囁くように言った。

「お前も悪いやつだな」

「何がだよ、僕はなにもしてないだろ」

　つられて僕の声も小さくなってしまう。日高さんに聞こえない程度の声で、僕たちは言葉を交わす。

「鈍感なのもほどほどにしとけよ。あと、あんまり咲良さんを困らせるな。彼女に辛い顔させたら俺が許さないからな」

　冗談めいた口調で高瀬は言う。いつもの爽やかな微笑みは鳴りを潜めて、真剣な表情で僕に突き付けるように。その言葉の真意を、僕は探る。黙って高瀬の目を睨みつけていると、彼は最後に一言残して立ち去ろうとした。

「お前が駄目そうなら、俺が咲良さん奪ってやるから」

　挑戦的な目と声で、高瀬は僕を脅しにかかる。そうやって、こいつはまた一人の人間を奪うだとかどうとか、大仰なことを言うのだ。

「なんだよ、それ」

立ち去っていく高瀬の背中に向けて、僕はこぼすようにそう言った。人が自分のものになるなんて、傲慢な考えだ。よくそんな怖いことを平気で言える。

日高さんの方を向き直すと、彼女は小さく息を吐いていた。

「あのテンション、疲れるだろ」

普段のうっとうしさは隠していたのかもしれないけど、よそ行きの姿を相手するのは誰であれ疲れるものだ。特に相手が高瀬となればそれは相当なものだろう。高瀬は僕に対して初めからあの感じで話しかけてきたから、よそ行きの姿はあまり見たことがないんだけど。

「ちょっとね、私も初対面の人と話すのそれほど得意じゃないし。ただ、多分高瀬君は良い人なんだろうね」

「高瀬が良い人？　どうしてそう思うんだ？」

「うーん、話してる印象としか言いようがないけど。総括すれば彼は良い人だと思うよ」

僕の頭の中をまた疑問符が埋め尽くし始める。少し前から、まるで混線してしまったかのように日高さんの考えていることがわからなくなる時が出てきたのは気がついていた。元々彼女の思考が読めていたわけではないけど、それ以上の違和感がある。何かの認識が、僕たちの間でずれているのだろう。

「高瀬が良い人って、変な感じだな。一体何の話してたらそう思うんだよ」

ちょっとした引っかかりだったけど、腹の中の異物が僕を蝕《むしば》んで、思わず棘のある口調になってしまう。

「何って、別に藤枝君が知る必要ないと思うよ」

静かに日高さんはそう言った。彼女は当然のことを言っているだけだ。僕がそこに介入する権利なんてない。それはわかっているのに、僕は変に苛立っていた。自分でもみっともないと思うが、沸き立つ感情は溢れ出してくる。

「そうだよな。日高さんが誰と話そうが、それは君の勝手だ。そう、日高さんはいつも勝手だ。いきなり現れて僕を引っ張りまわして、保証もないのに笑わせてあげるなんて軽い言葉で僕に縋《すが》らせる。確かに僕が君と高瀬の会話の中身を知る必要はないだろうな。結局君にとっては、他人なんて気まぐれで付き合う薄っぺらい関係性なんだよ」

零れ落ちる言葉は徐々に火勢を増していき、気づけば僕は自身の内にため込んでいたものを吐き出していた。

あれ、僕ってこんなことを思っていたんだ。自分の身体なのに無様に感情に乗っ取られてしまった僕を、意識の一部だけが俯瞰《ふかん》的に見ていた。僕の弱いところが、強く出てしまったのだ。自覚し、自負していた以上に、僕は弱い人間だったみたいだ。

「ごめんね、藤枝君」

気まずい沈黙の後、日高さんはそう言って困った顔で微笑んだ。それを見て、自分の顔が青ざめていくのがわかった。次の言葉が出てこない。再び嫌な沈黙が僕たちの間に訪れる。僕がもたらした沈黙なのに、さっきの言葉はなかったことにしてくれ、と無様に願う。

ああ、さっき高瀬に言われたばかりじゃないか。僕なんかより、何も知らない高瀬の方が僕と日高さんの関係性をよく知っている。

これまで少しずつ積み上げてきた日高さんとの関係を、僕はわけも分からず沸き立つ感情のままにぶち壊してしまったのだ。

「いや、なんて言うか……ごめん」

吐き出して冷静になったところで遅い。日高さんはもう受け取ってしまったのだから。腹の中にいた真黒な異物を吐き出した代わりに、押し潰されるような罪悪感と虚無感が僕を襲った。それもこれも、全てが自業自得でしかない。

「ううん。私今日、先に帰るね」

すくっと立ち上がって自分の荷物を持ち、日高さんは僕の前から逃げるように去って行った。呼び止めることもできず、僕はその後ろ姿を見つめていることしかできなかった。

ぽつぽつと頬が濡れるのを感じる。どうやら雨が降ってきたみたいだ。傘を持っていないから本降りになる前に帰るのが賢明だろうが、今はそんなことを気にする程の余裕はなかった。どう考えても僕が悪いのに、日高さんに謝らせてしまった。その事実が、僕の心臓に杭《くい》を打ち込むかのように突き刺さる。

しばらくの間、先程まで日高さんが座っていたベンチを見つめていた。もしかしたらもう、日高さんはここに来ないかもしれない。そう考えると、僕はまた何かが欠けてしまったような喪失感に襲われてその場に立ち尽くす。

弱かった雨足は僕が呆然《ぼうぜん》としている間にその勢いを増していく。地面を打つ雨の音だけが、僕の耳には聞こえていた。

このままここにいても何にもならない、帰ろう。僕はベンチに背を向けて歩き出す。靴の中にも水が入っていて、ぬかるみに裸足《はだし》で突っ込んだような気持ち悪さを感じる。視界が遮《さえぎ》られる程に強い雨だったが、まだ風が強くないことが幸いだった。

いつもの帰り道をのろのろと雨に打たれながら歩く。すれ違う人達が皆、大雨の中傘を差さず帰る僕のことを憐《あわ》れみの目で見ているような気がした。視線から逃れるように、僕は人の少ない道へと進んでいく。細い路地に入ると歩いている人は僕だけになる。

ただただ、静かだった。未だに降りしきる雨の音は聞こえ続けているが、僕は静寂の中にいた。歩いていることも忘れて、僕はひたすらに自分を責め続けた。

雨は止みそうな気配を見せない。流石にこのまま家まで歩いて帰るのは辛い。僕は一時的に雨宿りできる場所を探した。

行き場を失った霊のようにふらふらと歩いていると、古ぼけたバス停を見つけた。小さな箱のようなそのバス停は、ちゃんと機能しているのか疑わしい程におんぼろだった。申し訳程度の壁と薄っぺらい屋根だけど、少なからず雨を防ぐことは可能だろう。

吸い込まれるように、バス停に足を運ぶ。木でできたベンチに座ると、小さく軋《きし》む音がした。相当年季の入ったベンチだ。脚のバランスが悪いのか端に座ると少し傾いたので、僕は真ん中辺りに座り直す。制服を伝ってベンチに水が染み込んでいった。どうせ、こんなところに座る人はいないだろう。

その辺りで傘を買って帰ってもいいんだけど、どのみちもう手遅れだ。腰かけて初めて気がついたけれど、身体が疲れて重たくなっている。雨に打たれた上、それを吸った制服と鞄の重みのせいだ。重く固まった体を背もたれに預ける。ベンチの汚れが背中に付いてしまうかもしれないが、それよりも体のだるさが勝った。

「何なんだろうな」

僕は一人ごちる。呟くように言った言葉は、閉じ込められたバス停の中で静かに消えていった。自分なのか、日高さんなのか、高瀬なのか、それとも世界なのか、行く宛ての不明瞭な言葉の粒は雨空へと溶けていく。

日高さんと別れてからずっと自責の念に駆られてはいるけど、心のどこかで僕は僕自身を庇《かば》っていた。もちろん、僕が感情的になって日高さんに酷いことを言ってしまったのは確かな過ちだ。にも拘わらず、自己保身に走る深層心理を憎たらしく思う。それでも、それが僕、藤枝蒼なのだろう。

そうやって都合よく周りに責任転嫁して、生きてきたことの報いだ。

馬鹿だなあ。今度は心の中で呟く。本当に僕は馬鹿だ。

斜に構えて、自分のことがわかっていなくて、鬱憤を他人にぶつけて消化しようとする。間抜けでどうしようもない人間だ。わかってる、わかってるんだよそんなこと。だからってどうすればいいんだ。どう足掻いたって僕は僕にしかなれない。そんなの当たり前だろ。

拳を思いっきり握りしめて、そのままベンチに打ちつける。ドンッと鈍い音が僕の耳にこびりついた。雨はまだ弱まらない。遅れてやって来た痛みに、酷く虚《むな》しさを覚えた。

僕は一体何を期待していたんだろうか。

こんな気持ちになるのなら、初めから出会わなかった方が良かったのかもしれない。期待なんてしなければ、前みたいに日常も心も凪《な》いでいられたはずだ。一人でずっと、悶々としていた時の方が随分と楽だった気がする。誰かといるのって、こんなにも大変なことだったっけ。

今となっては笑えていた頃の感覚は色褪《あ》せて随分不明瞭なものになっていた。過去と比較しようったって、今の寂《さび》れて枯れかけた自分が染みついて思い出すことさえままならない。

色んなものを引きずったまま迷い続けている自分が、恥ずかしくて惨めだった。

濡れた身体は寒いし重い、それに気分も。打ちつけた拳はじんじんと痛んで、戒めるようにリズムを刻む。

帰るの、めんどくさいな。

もうこのまま眠ってしまいたかった。目を閉じて、意識が遠のいて、そして眠りから覚めると、笑えていたあの頃に戻っていないだろうかと願う。現実が夢のようにいかないことはよく知っている。だからこそ、夢を見ていないと僕は耐えられない。どこまでも続く現実からの逃避が、僕に課せられた業なのだとしたら、一生逃れることはできない運命なのだろう。

屋根を叩く雨音に耳を澄ませて、僕は静かに待った。

ぼろ雑巾になったのは僕だ。

あおとさくら

Ao&Sakura

翌日の僕はまさに抜け殻だった。自分の中身を半分くらい失ったかのように、身軽になったみたいだ。いや、身軽というかただ軽いだけ。喪失感というよりも喪失そのもの。人間として薄っぺらく中身のない存在。この空白を埋める術を僕は知らない。

当然の如《ごと》く、テストに身が入るはずもなかった。普段から入っていないのは置いておいて、それ以上に酷《ひど》い有様だ。

いつもは適当に埋めるだけ埋める解答用紙も、今回は白紙に近い形で提出した。元々低かった点が少しゼロに近づいただけなので、大したことはないんだけど。僕のテストの点が低いからって、誰《だれ》にも迷惑はかからない。

テスト後に昇降口で高瀬《たかせ》と目が合ったけど、珍しく声をかけてこなかった。ただの気まぐれだろうけど、今の僕にはありがたかった。人と喋《しゃべ》る気分じゃないのだ。

いつまでもこんな気持ちでいたってどうしようもないのはわかっている。一日が過ぎる頃には、大分気持ちも落ち着いていた。鬱憤やらどうしようもない怒りの反動で力が抜けている、と言った方が正しいのかもしれない。

抜け殻でももぬけの殻でも、僕の足は自然と図書館へ向かっていた。

むしろ頭が働いていなかったから、昨日のことを大して考えずに向かうことができたのかもしれない。ぼうっとしていても道を間違うことなく着くのだから、習慣というのはすごいものだ。最早《もはや》習性とも言えるのかもしれない。

それにしても、昨日の大雨が嘘《うそ》のように青空が広がっている。図書館前の地面にできた水たまりを覗《のぞ》き込むと、枯れ枝のような顔の僕が映った。仏頂面に加えて、ゾンビのようなくまができている。

館内に入って、いつもの場所へ。

残念なことに、僕がいつも座っている席には荷物や本が置いてあった。ああ、ここでも居場所がなくなってしまうのか。もう薄まった悲しみしか湧いてこない。

僕がどこに座ろうかと、その場所でぼうっとしているとテーブルの使用者が席に戻ってくる。僕がちらと視線を向けると、意外な人物がそこにいた。僕は驚き、重たい目を見開く。

日高《ひだか》さんだ。

昨日、あんな別れ方をしたというのに日高さんは今日も図書館に来ている。勝手に来ないものだと決めつけていたけど、そういえば日高さんの行動パターンは僕の想像を超える突飛なものだったっけ。それにしても、どうして。

僕がそこに立っているにも拘《かか》わらず、彼女はまるで見えていないかのように振る舞う。能面のような顔からは一切《いっさい》の感情が読み取れず、一瞬怯《ひる》む。ここで逃げちゃだめだ、僕の勘がそう言っていた。根拠なんてないけど、おずおずとそれに従って席に着く。

無言、どこまでいっても無言だった。

そのうち声をかけてくるだろうと思っていたけど、僕たちは終始無言のまま図書館の閉館時間を迎えた。初対面の時の方がまだ口を利《き》いていたはずだ。

どうしようもなく気まずい空間と時間だったけど、僕はなんとか耐えきった。耐えかねて声をかけても、先に帰っても、負けな気がしたから。つまらない意地だったけど、譲れなかった。だけど負けたくない気持ち以上に、どうすればいいのかわからなかったというのが本音だ。

普段の沈黙は全く気にならないのに、今日は時間が過ぎるのがやけに遅く感じた。息苦しく、首を絞めつけられているかのような沈黙だった。

その日からだ、僕たちの無言の意地の張り合いが始まったのは。

僕も日高さんもお互いに、図書館にはほとんど毎日来るのに一切言葉を交わさない。そういう約束を結んだわけじゃないけど、僕たちは互いの意図を汲《く》み取っていた。

日高さんが本当にただの意地だけで僕と口を利いていないのか、実際の所は本人に確かめなければわからない。ただ、日高さんにこういう頑固だったり強情な一面があることを僕は知っていた。

一週間程経《た》っても、この関係は変わらなかった。

まだ僕たちは口を利いていない。馬鹿馬鹿《ばかばか》しいけど、終止符が打たれる気配はなかった。たまに本棚の整理に来る職員の人も、普段の僕らと違う空気を察したのか不思議そうな顔でこちらをちらちらと見てくる。毎日毎日図書館に来るような人間のことは流石《さすが》に覚えるのだろう。認知されているという事実が、居心地悪く感じさせた。

日高さんは一体何を考えているのだろうか。

僕が好き勝手言ったことに対して怒っているのは間違いないだろうけど。僕が日高さんの立場だったら、腹の一つや二つ立つだけでは済まないだろう。言い返して来ずにむしろ「ごめんね」と言った日高さんは相当人間ができているんだと思う。

仮に怒っていないとすれば、この関係性を終わらせることを告げるタイミングを見計らっているとか？　いや、その仮定は都合が良すぎるか。

それとも本当に僕のことが見えていないとか。そんな馬鹿《ばか》な。僕は鏡にちゃんと映るし、高瀬もたまに話しかけてくる。透明人間になってしまったんだとしたら、そんなことはないはずだ。

僕みたいな人間が透明人間になったことを気づいていない場合、大変なことになる。

まず、知らない間に学校で欠席扱いとして処理されていた場合、出席日数が足りず進級ができなくなる。成績が悪い僕の場合は出席日数によって進級が保証されているので、頼みの綱を失ってしまえばすぐに転落してしまうのだ。

　そして悲しいことに、僕は学校で話す友人がいない。ということは、僕がいなくたって誰も不審がらない。自然と、僕本人が透明人間になってしまったことに気づくまでの期間は延びてしまうだろう。

　悲しく馬鹿馬鹿しい想像を膨らませ、気まずい時間を埋める。ふざけた想像をしたところで、気持ちは一切晴れない。むしろ自分の滑稽さが浮き彫りになる感じがしてさらに自己嫌悪が増した。

　僕はちらと日高さんのことを見る。

　彼女は最近、小説を読むことが多い。普段は図鑑や雑誌を見ていたから、少し新鮮だった。その時々のマイブームというのは誰にだってある。僕もファンタジーばかり読む期間があったと思えば、次はミステリーばかり固めて読んだり、自然とそういう読み方をしていることがある。

　それに意味はないんだけど、同ジャンルの作品を続けて読んでいると様々な発見があって、それに気がついた時には何となくやってやった感を味わえるのだ。ついでに新しい方向に興味が向いたりすることもある。まだ見ぬ場所を開拓していくのは良いことだと思うし。

　僕もそれなりに本が好きだからわかるけど、面白《おもしろ》い本に出会えた時の高揚感はなんとも言えないものがある。特に新作が並ぶ書店と違って、図書館というのは蔵書の出入りが少ない。

その中で面白いと思える本と出会った時は運命を感じてしまうし、ずっと近くにいたものをちゃんと見つけ出せたことに喜びを感じる。

自称読書が趣味の僕はそう思う。

日高さんが今読んでいる本は、僕も読んだことがあった。普段の僕たちなら感想を言い合ったりするものの、今のこの状況だとそれもできない。そのことを僕は少し寂《さび》しく思ってしまう。人と関わり合うっていうのは大変なことだけど、話が通じるというのはそれだけで大きな喜びとなるのだ。

まるまる一週間が経ち、僕の中で結論はもう出ていた。

結局僕は日高さんと話がしたいのだ。

言葉にするのは恥ずかしいけれど、自分の気持ちなんだから嘘じゃないことはわかる。僕たちはもう出会ってしまったし、僕はそれに心地良さを見出してしまった。そんなこと、笑えなくなってから初めてのことだ。

僕が居心地の良い場所を求めるのは、自分がよく知っている。日高さんに対してはそれだけじゃない気もするけど。多分僕の心の深い所には、また違うものが隠れている。

とはいえ、ことは起こってしまっているのだ。喧嘩《けんか》に近いことが起きた以上、どちらかがきっかけを作らなければ話は進展しない。放っておけば、このまま自然に関係が消滅してしまうだけだろう。

誰がどう見たって、きっかけを作るべきは僕の方だ。何故《なぜ》なら僕が蒔《ま》いた種だから。あの日を振り返れば振り返るほど、自分が一方的に悪かったことが身に染みてわかり、幾度罪悪感から身悶えしたかわからない。

こういう場合の解決方法が基本的にシンプルなのは理解している。ただ、問題なのは僕が喧嘩慣れしていないこと。僕は謝り方もわからなければ、この状況で口を開く度胸も持ち合わせていなかった。

情けない、情けないと思いながらも、僕はもう少しだけ他のきっかけが運よく訪れることを祈りつつ待った。


そうして僕はまた一週間を無駄にした。

すでに夏休みを目前に控え、学生たちは皆休暇中の計画を楽し気に立てている。そんな中、僕は口いっぱいの苦虫を噛《か》み潰《つぶ》しながら地を這《は》いずり回るような心持ちで今日も図書館に来ていた。

幸いなことに、日高さんはまだ僕の前にいる。

いつ来なくなってしまうかわからないことに、僕の焦《あせ》りは日に日に大きくなっていた。それと同時に、またおかしなことを口走ってしまい日高さんとの仲が完全に崩壊してしまう可能性を恐れている自分もいる。ジレンマの中で、じりじりと身が焼け焦げるような思いで過ごしてきた。何度も言うが、自業自得である。

僕はもう、よくわからなくなっていた。

僕は何がしたいんだろう。日高さんはどうして今日も図書館に来ているのだろう。どうしたらこの気まずい沈黙に終止符を打つことができるのだろう。

一体、同じような考えを何周すれば正解に辿《たど》り着けるんだ。深い沼にはまっていく中で、ただ瞬間的に思ったことが口に出る。

あまりに馬鹿馬鹿しく、稚拙な頭で必死に考え悶え続けた結果がこれか、と頭を抱えてしまうような言葉が口をついた。

「りんご飴《あめ》を食べに行こう」

何の脈絡もないただの独り言というか、自分でもその言葉の出所がわからなくて困惑する。りんご飴が食べたいって、馬鹿か僕は。約二週間考えて考えて悩んだ挙げ句、最終的には思考の端くれみたいなものを口から漏《も》らして沈黙を破るなんて。こんなので関係性が修復できるくらいなら、初めから悩んでない。なんだ僕は、腹でも減っていたのか。いや、それにしてもだろ。食べ物なんてもっといっぱいあるだろうに何でりんご飴なんだよ。

あまりに唐突で意味不明な言葉をこぼしたので、日高さんは思わず僕の顔を見る。小さく口を開けた彼女と目が合って、妙な沈黙が辺りを満たした。こんなふざけた発言、怒られたって仕方がない。静かに目を閉じて拳《こぶし》もしくは非難の言葉が飛んでくるのを覚悟する。

思考も身体も地蔵のように固まって、僕は沈黙を貫く。もう、なるようにしかならない。

「ふっ」

代わりに聞こえてきたのは小さく噴き出す声だった。恐る恐る目を開けて、彼女の顔を見る。後悔で満ちた死んだ目をしている僕の顔を見て、日高さんは小さく息を漏らす。そして彼女は堪えるように笑った。

「いいよ。りんご飴、食べに行こっか」

何がどう転がったんだろう。

怒るでもなく呆《あき》れるでもなく、日高さんは笑った。度が過ぎて間抜けだったからだろうか。僕は誤魔化《ごまか》すようにして片手で髪をくしゃくしゃにする。

よくわからないけど、結果オーライってことになるのか？　こんなしょうもないことが解決の糸口になるなんて、この二週間はなんだったのだろう。僕もおかしいし、日高さんもおかしい、というかこれで上手《うま》く事が収まってしまう世界がおかしい。

とはいえ、こんな世界だからこそ僕は助かったのだから、感謝をしなくてはいけない。安堵《あんど》と懐疑心の入り混じる僕の内心は乱れていた。それなのに微笑《ほほえ》んでいる日高さんの顔は妙にすっきりとした顔をしていて、もしかして僕は試されたんじゃないだろうかとも思ってしまう。

また、彼女に上手を取られてしまった。

僕が口にした提案をきっかけに、成り行きで話は進んでいく。

今までの沈黙や居心地の悪い気まずさが嘘のように、日高さんはいつも通りだった。そのギャップに慣れるまで、少し時間がかかりそうだ。もしかしたら日高さんの方ではとっくに気持ちの整理はついていたのかもしれない。

「りんご飴といえば夏。夏といえば祭り、祭りといえばりんご飴だよ」

「……じゃあ、行きますか？」

「藤枝君、どうして敬語なの？」

人生で初めて女の子を夏祭りに誘った僕の心はどうしようもなく動揺していた。声が上擦ってしまわないよう意識して言葉にする。今までにないくらい緊張したけど、日高さんは「おっけー」と軽く了承してくれた。

もうすぐ夏休みに入る。

ひとくちに夏祭りといっても色々な所で開催されているが、僕たちはこの町から少し離れた所にある花火大会に行くことにした。地元の祭りで二人並んで歩いている所を見られても、お互いに困るだろうという話になったからだ。お互いに、というか主に日高さんに迷惑がかかるんだよな。誰かに見られたところで、僕を気にするような人なんていないだろうし。いや、一人めんどくさいのがいたか。

終業式が済み、ホームルームで通知表が渡されると、いよいよ夏休みが訪れた。通知表を軽く流し見る。元々悪かった成績がまた少し落ちただけで、いつもと大して変わらなかった。

当分は居心地悪くて味気も色もない学校ともおさらばだ。

今年の夏休みは例年と違って、人と出かけるという用事ができた。毎年毎年長期休暇の時間の使い方に悩まされていたというのに、一緒に時間を共有する相手がいるだけで、随分と色づいたように感じる。

日高さんと花火大会に行くまでの一週間はやけに長く感じた。

毎日が休日というのもあるだろうけど、要するに僕は緊張しているのだ。花火大会の日が近づくにつれ、胃が軋《きし》むような痛みを感じるようになった。

日高さんは夏休みに入ってから図書館に姿を現さなくなっていた。

僕が怒らせたとか、そういうのじゃなくて彼女は夏期講習に通っているのだ。まさか本当に出席しているとは。楽しくもなんともない勉強にそこまで熱意を向けられるのは僕としては物好きだとしか思えない。しかもこれは夏休み前半のもので、後半にも同じように夏期講習があると言っていた。進学校というのは恐ろしい所だ。

花火大会当日、前日にしたメッセージのやり取り通り、僕は花火大会が行われる場所の最寄り駅で日高さんがやって来るのを待っていた。川沿いにある駅から河川敷を見下ろすと、ずらっと並ぶ屋台と大きな流れをつくる人の波が見える。

駅から出てくる人の群れで駅前は混んでおり、僕は息苦しさからどこか人気のない所を探す。しかしながら、見る限り人気のない場所などは見当たらず、どこもかしこも人、人、人にまみれている。

あまり場所を変えて駅から離れてしまっても、日高さんとの合流に都合が悪いだろう。この人の群れから個人を見つけ出すのは相当に難しそうだ。互いに知らない土地である以上、駅というのはわかりやすいランドマークの代表例といえるだろうし。

夕方でも太陽はじりじりと僕を照りつけ、人混みのせいもあって額には汗が滲《にじ》んでいた。道行く人たちは皆笑顔で夏祭りを楽しんでいる。

花火も屋台も楽しみなんだろうけど、多分皆友人や家族、恋人とこういった大きなイベントを過ごすこと自体が楽しいのだ。羨《うらや》ましいわけじゃないけど、僕にとっては大昔の体験でもある。久しぶりにそれを体験するのだと思うと、やけにそわそわした。

ポケットに入れておいたスマホのバイブに気がついて画面を見るとメッセージの通知が来ている。どうやら花火大会の為《ため》に駅の利用者がとても多く、利用者がとても多く電車に遅延が出ているようで、少し遅れるという旨に謝罪の言葉が添えられていた。とはいえ十分、十五分程度の遅延だ。乗車する側の方が大変だろうに、余計な心配だ。気を付けて、とだけ返信しておく。

日高さんが来るまで、僕は空を流れる橙《だいだい》色に染まった雲を眺めて時間を潰す。日常の中でこんなにたくさんの人混みの中へ放り出されるのは勘弁だけど、夏祭りという大義名分の前ではそれも少し和らいだ。

むしろこの賑《にぎ》やかしい音にむしろこの賑やかしい音と暑さが、僕に強く夏を感じさせた。遠ざかっていた夏らしい夏に触れ、胸は自然と高鳴っていく。なんだかんだで僕も楽しみにしているのだ。

流れていく人の波と橙色に染まる空をぼうっと交互に眺めていると、何かが僕の頰《ほお》をつついた。僕は驚いて目を見開き、その何かの方へ向く。

「藤枝《ふじえだ》君、ごめんね。待たせたかな？」

人差し指を立てていたずらな笑顔を浮かべる日高さんがそこにはいた。僕の頰をつついたものが何なのかを察する。色んな意味でどきどきした。

「ち、ちょっと待ったけど気にしてない」

「うーん、成長しないなあ」

残念そうな顔をされても、人はそう簡単に成長なんてしない。

ひと息ついて、気がつく。日高さん、浴衣《ゆかた》だ。

白地に青い花の模様が入ったシンプルな浴衣で、髪は耳の横で編み込むようにして結ばれており、ほつれた髪がひょこひょこと飛び出している。

その装いはとても似合っていたし、彼女の白い肌がよく映えて見える。普段は目につかない首筋のラインに目が行って、悪いことをしている気分になり、僕は視線を外す。

「すごい人だねえ」

日高さんの息が少しだけ上がっているのに気がつく。満員に近い電車の中をなんとか抜け出して辿り着いたのだろう。立っているだけで疲れるのに、人混みにもまれながら電車に揺られるのはさぞかし大変だったはずだ。

「ひと息ついてから行くか?」

「ううん、大丈夫! 早く目的のもの、買いに行こうよ」

目的のもの、とはりんご飴のことだろう。言い出しっぺは僕なのに、言われるまで忘れていた。花火大会に行くということ自体に頭がいっていて、自分の間抜けな提案のことはすっかり抜け落ちていた。あの、口からこぼれた時の微妙な空気と心情は、思い出すだけでも胃が痛くなってくる。

僕たちは人の流れに乗って、河川敷へと向かう。何となく流れの方向は定まっているものの、不規則に人が行き交う中を歩いていくのはなかなかに苦労する。こんな中ではぐれたら再集合するのも大変そうだ。

「花火大会なんて久しぶりだったから、変に気合い入れて来ちゃった。おかしくないよね、私」

「おかしくないよ」

「良かった」

日高さんは満足そうに笑う。本当に、よく似合っていると思う。別に僕のために着てきたわけではないんだろうけど、なんだか嬉しく感じてしまった。正直自分が隣を歩いているのが申し訳なくなるくらいだ。自分のラフで気合い一つ入っていない服装を見て、小さくため息をつく。

僕も合わせて浴衣を着てきた方が良かったんだろうか。周りを見てみると、浴衣で来ている人もかなりの人数がいた。普段着以外の選択肢が出てこなかった僕は、やはりイベントビギナーなのだろう。まあ、日高さんが浴衣を着てくることは知らなかったわけだし、仕方がないんだけど。

日高さんは下駄《げた》をこつこつと言わせて歩く。いつもより歩幅が小さいせいか、少し歩きづらそうだ。人混みに流されたり押されたりで、倒れてしまわないか心配になる。

こんな日に足を痛めてしまってもな。折角《せっかく》ここまで来たんだから、余計なことを気にせず楽しまなきゃ損だろう。それに、怪我《けが》をされても僕が責任を感じてしまう気がするし。あと、やっぱりはぐれたら面倒だし。他にもあれやこれや、その他諸々《もろもろ》。それらを鑑みれば、日高さんが倒れないように僕が何かしら手助けするのは当然のことというか義務であって。

様々な葛藤が僕の中で起こる。そのおかげで何度か人と肩がぶつかってしまい、ぺこぺこと頭を下げながら歩いていた。

しばし葛藤が続いた後でようやく決心した僕は、これはあくまで人助けであり下心はないのだ、と自分に言い聞かせて行動に移した。

「ん」

僕は歩きづらそうにしている日高さんに向けて手を差し出す。彼女はその意図をすぐには汲み取れず首を傾《かし》げている。僕らしくない行動なのだから自然な反応だ。差し出した手が空を掴《つか》み、顔が熱くなる。

ようやくその意図に気がついて、日高さんは戸惑いながらも微笑んで僕の手を取った。柔らかい手のひらが触れて心臓が跳ね上がる。どうしようもないくらいの緊張が僕を襲う。

自分から手を差し出したものの、今になって手汗は大丈夫だろうかと心配になる。繋《つな》がれてしまった以上、拭うこともできない。一度意識してしまうと、身体が熱くなって余計に手汗をかいてしまいそうだ。

顔を見られたくなくて、彼女の半歩前を歩く。できるだけ彼女の歩くペースに合わせることは意識したままで。

本当は腕を組むなりした方がバランスが良く安定もするのかもしれないけど、それは僕にとってハードルが高すぎる。下心の有無は関係なく、それは今の僕たちの関係性では過度な馴《な》れ馴《な》れしさだ。

「楽しいね」

日高さんの声音は嬉《うれ》しそうだった。

「まだ何も始まってないだろ」

「でも楽しいよ」

「それはなにより」

河川敷へと下る道を越えたら、人の向かう方向が二手に分かれてさっきよりも歩くスペースが確保される。ここまでくれば、人波に流されることはないだろう。立ち止まって、お互いにそっと手を離す。

「ありがとう」

「いや、いいよ」

恥ずかしくてまともな返答もできない。変に素っ気なくなる返事が僕の心情を物語っていた。むず痒《がゆ》い間が僕たちの間にやってくる。慣れないことはするもんじゃないな。まあ、ただ人助けをしただけだ。日頃世話になっている以上、困っている日高さんのことは無視できないだろう。

湿気《しけ》たぬるい空気が人波を縫うように吹き抜ける。河川敷の隅でどぎまぎしている僕たちを、道行く人たちは一切気にすることなく歩いていた。皆、それぞれの時間を過ごすのに夢中なのだ。だから、今この場所は他者の介入のない僕たちの時間だ。あまりタイミングを見計らいすぎてもいけない。僕は胸につっかえていたものを吐き出す。

「あのさ、この前はごめん」

静かでむず痒い空気に割り込むようにして口を開く。

言わなければいけないと思っていたことだ。僕が何のことを言っているのか、日高さんはすぐに察して、少しだけぎこちない笑みを浮かべる。

「ううん、気にしなくていいよ。ちょっと驚いたけど、私も変に意地になってただけだから。こちらこそごめんね」

日高さんは頭を下げる。どうして彼女が謝る必要があるのだろうか。先に頭を下げられると思っていなかった僕は、反射的に彼女に合わせて頭を下げた。

夏祭りでこんな風にお互いに頭を下げ合っているのは、僕たちくらいだろうな。僕たちは同じようなタイミングで頭を上げて目が合い、日高さんはまた小さく笑った。

「あのさ、それ似合ってるよ」

「え…………あ、ありがと。何、どうしたの急に？　機嫌取らなくても、私怒ってないよ」

僕が似合わないことを言って動揺したのか、落ち着かない様子で日高さんは言う。その顔は少しだけ赤らんだように見えた。

「……言ってなかったから。別に機嫌取りじゃないけど」

おおー、と日高さんは感嘆の声を漏らした。小さく拍手をしているのを見て、僕は余計なことを言ったかもしれない、と恥ずかしくなった。

「ありがと、嬉しい。藤枝君も似合ってるよ」

「いや、これ私服だから」

似合ってないとか言われたら普通にショックだからやめてほしい。ただでさえ服装のギャップに不安を覚えているというのに。

「さて、何食べよっか」

気を取り直すように日高さんは言う。

「何って、りんご飴だろ？」

僕も彼女の調子に合わせて答える。この間の件は一段落ついたということだろう。

僕の言葉に日高さんは細い人差し指を左右に振って答える。

「折角お祭りに来たんだから、りんご飴だけじゃ味気ないよ。こんなにお店がいっぱい並んでるんだから、ね？」

そう言うと彼女は屋台を隅から隅までチェックして回る。

焼き鳥にポテトフライ、綿菓子にイカ焼き、四方八方から漂ってくる祭りの良い香りに、日高さんの気分も上々のようだ。僕は僕で嗅いでいるうちに食指が動きお腹《なか》が空《す》いてくる。気づけば僕も食欲の赴くままにずらりと並ぶ屋台を見定めていた。

鼻歌まじりに歩いていく彼女に僕はついて行く。歌っているメロディーはまたどこかで聞いたクラシックだった。

十五分もすれば、僕たちの手元はたくさんの食べ物で溢《あふ》れていた。祭りの雰囲気に乗せられて手当たり次第に買い、袋にまとめていったため、どの袋に何が入っているのかよくわからない状態になっている。

食べきれるのか不安な量を抱えて、僕たちは歩く。止まって食べるなら人混みから外れた所の方が良いだろうと、当てはまる条件の場所を探し歩いた。

それなりに歩いたので、日高さんの足元は大丈夫だろうか、と心配になるがそれは杞憂《きゆう》だった。食べ物が絡《から》んだ途端にずんずんとたくましく進んでいく。下駄であんなふうに歩いていると、けがはなくとも躓《つまず》くくらいはしそうなので、そこにだけ注意を払っておいた。

川沿いを歩いていくと、一番端の屋台の所までやってきた。さらにその先へ進むと、河川敷から土手に上がる、二人並んで座っても余裕のある幅の石階段を見つけた。ちょうど花火の上がる方向には電車の通る鉄橋があり空を遮《さえぎ》っているため、周囲にはちらほらとしか人がいなかった。

「ここにしようか」

その提案に僕も同意して、石階段に二人並んで座る。遠巻きに祭りの喧騒《けんそう》が聞こえてきて、夢と現実の狭間《はざま》にいるような気分になった。多少なりとも気分が高揚しているためか、何だかふわふわした感覚がずっとしている。祭りって、こんな感じだったんだ。映画館に行った日と同じく、久しぶりの感覚に新鮮さを感じていた。

「何から食べよっか」

日高さんは顎に手を当てて食べる順番を考える。真剣な表情だったけど、考えていることが馬鹿っぽくて笑えないけど笑えた。

僕は適当な袋の中に手を突っ込んで、何も見ずに取り出す。出てきたのはイカ焼きだった。包みを剝《は》ぎ、香ばしいタレの匂《にお》いに吸い寄せられるように、僕はそれにかぶりつく。濃い味と食べ応《ごた》えのある触感が、食欲をさらに刺激する。おいしい。

「あっ、抜け駆けだ。いけないんだよ、こういうのはシェアするものだから」

日高さんはそう言うなり、僕の手からイカ焼きを奪い取ってかぶりつく。そして幸せそうな顔でそれを堪能していた。

間接キスだ、なんて思うのはきっと野暮《やぼ》なことなんだろう。だけど僕も、一応年頃の男子高校生なわけで。そういった軽率な行動をされては困るのだ。イカ焼きで間接キスどうこう思ってしまう僕も馬鹿馬鹿しいんだろうけど。

嬉しさと恥ずかしさを胸の内に留めて、整わぬまま心にしまっておく。日高さんはこういうの、気にしないんだろうか。

シェアしようと提案された上で、食べ物を独占しようと思うほど僕の食に対する執着は強いわけではない。

僕たちはその後も色々な食べ物を分け合った。食べ物自体はどこでも売っているようなものなのに、どうして祭りというだけでこれほど美味《おい》しく感じるのだろうか。

二人でたこ焼きを頰張《ほおば》っていると、アナウンスが河川敷に響く。少し離れているため、完璧《かんぺき》に聞き取ることはできないが、もうすぐ花火が打ち上がるらしい。

少ししたら十秒間のカウントが始まり、人々は皆同じ方向の空を見つめる。ゼロのタイミングで空に大きな大輪が咲いて、少し遅れて腹の底から響くような音が僕たちの下に届いた。

思った通り、視界の一部は鉄橋によって遮られて数年ぶりに見た花火は欠けていた。それでも十分すぎるくらい、綺麗《きれい》だと思った。むしろ折角の花火が欠けてしまっていることに、妙な親近感が沸いて気に入った。

祭りの喧騒に、色とりどりに輝く光、ささやかに吹くぬるい風。全てが僕に向けて夏を叫んでいるように思えた。これでもかという程世界は夏を主張してきて、数年振りの感覚に僕の心は大きく揺れる。

どん、どん、と花火が打ち上がっては音が身体の芯《しん》に響く。僕の水分だらけの身体は内側から揺らされ、そのせいか少しだけ涙が出そうになった。また日高さんにからかわれてしまう、と僕はそれを必死で抑え込む。

深く呼吸をしたのが、花火の音で届いていなければいいけど。

一人の帰り道に、地元でやっている花火を見かけることはあった。だけど今見ているそれは、まったく別物といっていいほど儚《はかな》く美しかった。

ふと、日高さんは花火を楽しんでいるだろうかと気になって、彼女の顔を見る。そして僕はその横顔に釘《くぎ》付けになった。

空に打ち上がる大輪の花々を見つめる彼女の顔は、この上なく優しくて、儚く、せつない笑みを浮かべていた。その胸に秘められた思いを、僕は読み解くことができない。だけど、僕はその笑顔にどうしようもなく惹《ひ》かれていた。まるで現実と切り離された物語の中の存在のようなその顔は、決して触れてはいけない美しさと尊さを孕《はら》んでいる。

彼女はじっと見つめている僕の視線に気がついたのか、こちらを向いて何かを誤魔化すように照れ笑いをする。見られたことが恥ずかしかったのか顔は少し赤らんで、日高さんはそれを浴衣の袖《そで》で隠した。

「あはは、綺麗だね」

彼女は僕のよく知る顔で微笑んだ。

「そうだ、りんご飴を食べようよ」

日高さんは思い出したかのように、袋からりんご飴を取り出して、包みを剝ぐ。それを僕に向けて、はいっと手渡してくる。ありがとう、と僕はそれを受け取り一口齧《かじ》る。ぱりっとした飴の部分の次にりんごのしゃきしゃきした食感がやって来る。飴の甘さとりんごの酸味がお互いを引き立て合っている。でも、ちょっとりんごの酸味が勝っている気がした。

僕は齧りかけのりんご飴を日高さんに差し出す。

彼女も黙ってそれを受け取り、花火を見ながら一口齧る。

「思ったより酸っぱいね」

そう言いつつも、もう一口齧る。さらにもう一口。

「僕が食べたいって言い出したんだけど、もしかして独り占めする気？」

「仕方ないなあ」

そう言って不満そうな顔をしながらも日高さんは渋々僕にりんご飴を譲ってくれた。ありがとう、と口に出しそうになって踏みとどまる。いや、何もありがとうじゃないだろ。くだらないやり取りをしている間にも、花火はどんどん打ち上がる。

お互いの声を聞き取るために、自然と僕たちの距離は詰められていた。触れそうで触れない肩がもどかしく、それを誤魔化すために欠けた花火に意識を向ける。

僕がりんご飴を食べ終わると、花火は一時小休憩の時間に入ったらしい。夜空を照らすものがなくなり、辺りの暗さが深まる。僕の耳には花火の音の余韻が残っていて、ふわふわと浮いているような感覚が全身へと広がった。

「ねえ、藤枝君」

身体の芯を揺らすような花火の音がない分静けさは強調され、日高さんの声が水面に落ちた一滴の雫《しずく》のように僕の耳へと入ってくる。

「もし私が笑えなくなったとしたら、君はそれでも私の相手をしてくれる?」

彼女は続けた後、かりっと小動物のようにりんご飴を齧る。

急な質問に、僕は逡巡《しゅんじゅん》する。タイミングもそうだが、内容も随分といきなりなものだ。

それでもその問いに対する僕の答えは本能的にわかっていた。

「別に、何も変わらないさ。世界に笑うことのできない、つまらない人間が一人増えるだけだろ」

そう、何も変わらない。変えようと僕は思わない。

もし本当に、日高さんが笑えなくなってしまったとしたら、僕はきっと残念に思いはするだろうけど、それでも。ただ、彼女の笑顔はこの世界から失われては駄目な類《たぐい》のものだと僕は思う。そうなってしまうくらいなら、僕が一生その呪《のろ》いを肩代わりしたいくらいには。

だからこそ、日高さんが何を失おうが接し方は変わらない。同じ状況で手を差し伸べてくれた恩がある以上、彼女が何かを失った時は僕が手を差し伸べる必要があるはずだ。

「笑えなくなったからって、人間そのものが変わるわけじゃない。まあ、僕の人生は今のところ酷い有様だけど、それは結局のところ僕が元々持っていた可能性なわけで。ただ単純に、前の僕から笑いを除いた結果が今の僕ってだけだ。どうあるかなんて、自分の意思と環境と運次第なんだよ」

自分でも、完全に折り合いがついているわけじゃない。理屈を何度もこねくり回してこういった考えにまとまっただけで、飽きるくらい運命を恨んできた。

それでも進歩がなかったのは、僕が一人だったからだろう。一人で悩みを抱え、一人でどうにかしようと奮闘して、一人で諦《あきら》めてきた。そんなの日高さんと出会ってからの時間に簡単に吹き飛ばされてしまったけど。

初めから誰かが傍《そば》にいてくれたら、僕のこれまでももう少し違う形になっていたのかもしれない。仮に日高さんから何かが欠けてしまって、それに思い悩むようならそこに僕がいられたらいいなと思う。

「そっか……。藤枝君は強いんだね」

「強くないさ、弱いとも思わないけどな。普通だよ、至って普通。というか日高さんは笑えるんだから、何も気にせず笑いたい時に笑っておけばいいんだよ。もし泣きたくなったら泣けばいい。折角感情を表に出せるんだから」

彼女の問いが思い悩んでいることのサインなのであれば、逃げ道を作ってあげるのが優しさだろう。そう格好つけてはみるが、それくらいしかできないというのが本当のところだ。

笑えなくなるとどうなるかなんて、その当事者にしかわからない。

感情なんて出せる内に出しておくのが良いに決まってる。人間、放っておいても年をとるごとに感情の振れ幅も小さくなっていくらしい。だとしたら、出しておかないと損じゃないか。

笑えなくなってしまってからでは、後悔することしかできない。僕はそれを身をもって体験している。その僕が言うんだから、間違いはないだろう。

「私だったら絶望しちゃうかも」

日高さんは冗談めいた笑顔を浮かべて言う。多分、この子が僕に向けているのは同情ではないのだろう。

「初めから多くを望んでないんだよ、僕」

僕は絶望する前に、得意の現実逃避で諦めることができただけだ。まともな人間であればあるほど、絶望の沼は深くぬかるんで放してくれないだろう。

すうっと光が真黒のキャンバスに糸を引いて、花火が打ち上がる。どうやら打ち上げを再開したらしい。僕たちは引き続き、身体を寄せ合うようにして空に浮かぶ光の花を見上げていた。

フィナーレに向かうにつれて、その演出は盛り上がっていく。まるで生きているかのように光の粒は夜空を泳ぎ、そして儚く消えていく。

打ち上がるテンポは次第に早まり、今までよりも大きな花火が夜空いっぱいに咲き誇って、僕たちを明るく照らした。炎の残滓さえ夜空を彩《いろど》って飾り立て、その軌道を輝かせる。空一面を照らす色鮮やかな花畑と、その花一つ一つの存在を叫んでいるかのように轟《とどろ》く音を、僕は全身の感覚を開いて感じ取っていた。

「夏休み、色んな所に行きたいね」

腹の底から響く音の中に、日高さんの声が紛れる。僕はその言葉を確かに受け取った。言われなくても、きっとそうなるんだろうと僕も思っていた。

盛大なフィナーレが終わった後に残るのは、後を引く余韻と祭りの喧騒。

僕たちはもう打ち上がることのない真黒な空をしばらくの間眺め続けた。


花火も全《すべ》て打ち上がり、祭りもお開きの雰囲気が漂い始めた頃、僕たちは駅までの帰り道をゆっくりと歩いていた。随分と端の方まで来ていたようで、駅までは少し距離がある。

ぞろぞろと並んだ人の波から逃れるようにして、人気の少ない道を進んだ。駅までは遠回りになってしまうけれど、落ち着いて帰ることができそうだったから。

道の傍には小川が通っていて、せせらぎの音が心地良く耳に流れてくる。明かりの少ない道を足元に気を付けながら歩いた。


「蛍？」

日高さんは宙を見つめてそう呟《つぶや》いた。

市街地から外れた町とはいえ、こんなところに蛍がいるものなんだろうか。僕は疑いつつ日高さんの視線を目で追ってみる。ぱっと見ただけでは見つけられなかったけど、しばらく暗闇《くらやみ》を注視していると微《かす》かに光る柔らかな明滅が目についた。

「僕、蛍を実際に見るの初めてかも」

記憶を探っても、本やテレビでその姿を見かけた記憶しか転がっていない。蛍が光るものだとはもちろん知っていたけど、カメラ越しに見るよりもその光は幻想的で、命の輝きと儚さを孕んでいるように思えた。

「この子、独りぼっちなのかな」

辺りを見回しても、他に光の明滅は見当たらなかった。小さなその光は弱々しくて心もとない。今は個体数自体、少なくなってきているのではないだろうか。

「きっと、どこかに仲間がいるよ」

気休め程度に僕は言った。夜の帳《とばり》に一匹取り残されるのは、きっと随分と寂しいことだ。

蛍はまるで、僕たちを夜道の中で案内してくれるかのように、ゆらゆらと前を飛んでいく。その姿は流れる小川の音に乗せて、踊っているようにも見えた。

小さな光に導かれ、僕たちはゆっくりと歩みを進める。本来の帰り道からは少しずれてしまっている気がしたが、自然と僕たちの足取りはこの蛍を追っていた。

「蛍って、一生のほとんどを水中か土の中で過ごして、成虫でいられるのは一、二週間程度なんだって。この子たちが光っていられるのは、本当に短い間だけなんだよ」

長くて二週間、人間の時間の感覚にとって、それは随分と短い時間でしかない。だけど蛍にとっては当たり前のことで、彼らは必死に来るべき終わりに向かって小さな命を輝かせ続けているのだ。僕はそれを、可哀想《かわいそう》とは呼べない。

「よく知ってるな」

「図鑑に書いてあったの」

ああ、そういえば日高さんはたまに図鑑を眺めていたっけ。

「昔から夏の風物詩として鑑賞されてきた蛍だけど、私たちは一瞬の命の輝きを目にしているんだよね。どこまでも尊くて美しい光が、人の心を温めてくれているんだよ」

ありがとう、と言って日高さんはゆらゆらと飛んでいる蛍に手を伸ばす。決して蛍に触れることはなく、宙に伸ばした手は少ししてそっと下された。

小川に沿って歩いていると、遠くに駅の光が見えた。どうやら遠回りしてこの道に出てきたらしい。僕たちが遠くに見える駅を見ている間に、蛍はその姿をくらます。蛍の光の軌跡は見えなくなって、少しずつ現実が僕たちを迎えようとする。

「どこに行ったんだろうね」

僕たちはいなくなった蛍の姿を探す。

日高さんのあっ、という声が聞こえて、その方向へ振り向くと小川のへりに茂った草むらに蛍が止まっているのを見つけた。

蛍はゆったりとしたリズムで明滅を繰り返す。

僕たちが再びその様子を眺めていると、どこからかもう一つ、光の粒が現れた。元々いた蛍に寄り添う形で、その蛍は草むらに降り立つ。二匹は呼吸を合わせたかのように、同じタイミングで光り、それを消してを繰り返す。

二匹は番《つがい》なのだろうか。もう一匹がどこからやってきたのかはわからない。今度こそ、周囲に他の蛍は見当たらなかった。いや、そうであってほしかった。二匹目の蛍がどこからともなくやってきたのか、それともこの場所で初めの蛍を待っていたのかはわからない。ただ、この二匹はこの二匹でないと駄目な気がする。そうであってほしいという、僕の願望だけど。

もし蛍のように、輝ける時間が一生の内で刹那的な時間だったとして、死が自分の身に迫りつつあることを認識できるのであれば、僕はこの二匹の蛍のように本当に心を許した誰かと寄り添って死にたい。

人生のどのタイミングで輝ける時期がやってくるのかはわからないし、もしかしたらそんな時間は訪れないのかもしれない。ただ、生きている間にそういった時間を味わうことができたなら、きっと僕は後悔なく死ねるだろうし、どれだけ絶望の淵《ふち》に立たされたって生きていられる気がする。少なくとも、その時間が僕にとっての居場所になるのなら、それはきっと色褪《あ》せることはないはずだ。

僕は別に、一人で居たいわけじゃない。

二匹が飛び立っていくのを見届けて、僕たちは駅が灯《とも》す光の方向へ向かう。もう当分、蛍を見る機会なんてないだろう。

蛍は綺麗な水辺でしか生活ができないらしい。

これも日高さんが教えてくれた。

僕たち人間という存在は、どれだけ汚れていようが荒《すさ》んでいようが息苦しかろうが、ある程度は生きることができる。人間は元々丈夫につくられているのだろう。だけど人間は、身体に異常がなくとも先に壊れてしまうものを持っている。

それが人の弱さでもあり、強さでもある。その不安定さはきっと、人の持つ人らしさや、人らしい美しさの代償なのだ。ミロのヴィーナスもサモトラケのニケも、欠けているからこそ神々しいまでの輝きを放てるのだ。

この世に完璧な存在なんてない。誰しもが何かしら欠けているからこそ、そのものなりの美しさが生まれるのだ。全人類が等しく完璧なら、そこにあるのはただの予定調和に過ぎない。僕はそれを美しいとは思わない。

では、人が元々欠けた存在であるとして、僕のようにさらに欠けてしまった人間はどうなるのだろう。ただ単に欠け具合の比重が変わっただけなのか、それとも特異なものに変異してしまっているのか。人は僕をどう見て、僕は僕をどう思うのだろう。

「来世は蛍になりたいな」

伏し目がちで、呟くように日高さんは言った。

「どうして？」

「さあ、どうしてだろうね」

理由の判然としない願いが彼女の口からこぼれたのは、無意識にそう思っているからだろうか。だとしたら、彼女は蛍という存在に何を見出してそう願うのだろう。

あの二匹の蛍のようになりたいとは思っても、蛍そのものになりたいとは僕は思わない。蛍からしてみればその一生自体は悪くないものなのかもしれないけど、僕としては羨ましいとは思えない。望むなら、もっと他のものを望むだろう。

僕は自分の来世についてあまり考えたことがない。新しい姿になった自分を思い浮かべようにも、上手くイメージができなかった。ばらばらになって嚙み合《あ》わなくなったパズルのように、イメージは一切固まらない。

僕は一体、何になるのだろう。僕はどんな僕でいられるのだろう。

少なくとも、来世では笑えなくなったりしませんように、と願う。二度の人生で同じ欠陥が出るのだとしたら、それこそもうどうしようもない気もするけれど。

来世の僕も前世の僕も、未来の僕も過去の僕も、今の僕が手を出そうとしたってどうしても届かないところにある。人は思いを馳《は》せることはできても、それに手を加えることはできないのだ。

「……楽しかったね」

そう呟いた後で、日高さんは少しだけはっとした顔を浮かべた。

呟く日高さんの言葉は暗闇に溶けていく。僕たちの間に生ぬるい風が吹き抜けて、ふと夏と日高さんの匂いがした。

「楽しむべきは私じゃなくて藤枝君だよね。君が笑えるようになるのが目的なんだもん。……私、楽しかったんだな」

「いいだろ、楽しんだって。咎める奴なんていないし」

誰にだって楽しむ権利はあるのに、日高さんは何を言っているんだろう。

僕が言うと日高さんは「そうだね」と小さく答えて頷いた。

たとえ僕がこのまま笑えなくても、今日という日を思い返した時に、きっと楽しかったと思える一日になったと思う。今はまだ心の底から楽しめているのかはわからない。だけど、楽しみっていうのは取っておくものだ。

「日高さんは、僕が本当に笑えるようになると思ってるのか？」

僕は日高さんに訊《き》いた。だけど本当は、もうこのまま笑えなくてもいいと思っている自分がいる。もし、この先も隣に日高さんがいるんだとしたらだけど。

「思ってるよ。それに、そうなって欲しいとも」

間を空けることなく、彼女は即答する。その根拠を僕は知らないけど、嘘だったとしてもそれはとても温かくて優しい嘘だ。

世界に見切りをつけた振りをしていただけで、僕はずっと臆病者だった。そんな僕を外へ引っ張り出して背中を押してくれる日高さんに、僕は一体何を返すことができるのだろうか。

駅に着くとちょうど電車が到着し、僕たちは急いでそれに乗り込む。まだ人の多い車内の隅に僕たちは立って、静かに車窓を眺めていた。人混みに揉《も》まれて疲れたのか、日高さんも話しかけてくることはなく、ただ遠くを見つめていた。

僕たちは話を合わせることなく自然な成り行きで図書館の最寄り駅に下りる。本当はここから僕の家までは歩くと少し距離があるんだけど、何となく空気を読んで。

「結構遅くなったな」

「そうだね、今日は歩き疲れたよ」

日高さんは頭上で手を組んで伸びをする。僕もほんの少しだけ眠気に襲われており、数分おきに小さく欠伸《あくび》をしていた。今日は帰ったらすぐに寝よう。多分、ぐっすり眠れるはずだ。

「家、ここから近いんだっけ？　もし必要なら、送っていくけど」

「いやいや、いいよ。歩いてもそんなにかからない距離だから」

まあ、遅くなったとはいえ日付を越えるような時間でもないしな。変に気を使いすぎるのもおかしな話だろう。それに、日高さんの心配もそうだが自分のことも心配してあげる必要がある。そこそこに疲れた足で、ここからまたしばらく歩くのだから。

「今日はありがとう。……藤枝君は、楽しかった？」

「うん」

確かめるように彼女は言った。

僕はしっかりと頷《うなず》く。仮にこの気持ちが笑えなくなる前の僕が感じていた楽しさとは違っていても、今の僕にとっては間違いのないものだ。きっと、将来思い出した時に大切な記憶になっているだろう。

「良かった」と日高さんは微笑む。優しいのに、どこか愁《うれ》いを帯びた表情に小さな引っかかりを覚えた。

「……あのさ、次どうする」

僕が自分から言い出したのが珍しかったからか、日高さんは少しだけ目を見開いてぱちぱちと瞬きをした。そういう柄ではないのは自覚しているけど、どうしてか訊いておかないといけない気がしたから。

「また、今度決めよっか」

「そうだよな」

夏休みは長いんだ。何を僕は焦っているんだろう。

根拠のない胸騒《むなさわ》ぎがしたのは、今日過ごした時間が楽しく、大切な思い出になったからかもしれない。

大丈夫、日高さんは色んな所に行こうと言ったのだから。

余計な心配を振り払うように、僕は小さく息を吐いた。

「それじゃあ私、帰るね」

「ああ、気を付けて」

日高さんは胸元《むなもと》辺りで小さく手を振った。僕はそれに頷いて答える。

こつこつと下駄を鳴らして歩き出す日高さんの背中を、僕は見ていた。少しの寂しさが僕をこの場に留まらせる。見送ってから帰ろう、と思っていると少し離れた所で日高さんはこちらを振り向いた。

「ごめんね」

振り返って彼女はそう言ったように聞こえた。あまり聞き取れなかったけど、口の形がそう見えたのだ。

何に対してのごめんなんだろう。

口を利かなかった間のことを言っているのかと思ったけど、違う気がする。

ごめん、の言葉の意味を訊こうとしたけど、日高さんはすぐにあちらを向いて半ば駆けるようにして夜の闇《やみ》へと溶けていった。僕はその後ろ姿に声をかけられないまま、その場にしばし立ち尽くしていた。

言葉の意味も気になったけど、それよりも気になることがある。

「ごめんね」と告げた時、彼女は今まで見た中で最も寂しく切なそうな笑顔をしていた。それもまた、僕の知らない日高さんの表情だった。

僕が彼女に謝られる謂《い》われなんてないはずだ。全くもって心当たりがなかったし、何なら僕のセリフだと思うけど。

気にはなるけど、夏休みが始まったからと言って、会うことがなくなるわけではない。それに、彼女は夏休みに色んな所に行こう、と言ったのだ。図書館だろうが出先だろうが、訊く機会なんていくらでもある。またその時に訊けばいいだろう。

疲労の溜《た》まった足で家に向けて歩き出す。

家に帰り、シャワーを浴びてすぐ眠りにつこう。そして朝目が覚めたら、静かで凪《な》いだ日常を、またひっそりと過ごそう。帰路に就きながら僕は、夜空を埋め尽くす花火と、それに照らされた日高さんの横顔を思い出していた。

4 僕はまだ君を知らない

花火大会から、三日が経過した。

やはり僕は一人で遠出をするような気力も沸かず、今日も今日とて図書館にやって来ていた。夏休みだからか、普段に比べて図書館を訪れる人も心なしか多い気がする。多いといっても、普段より少しそう感じるだけで、人気があまりなく静かなことには変わりがなかった。

人数の問題ではなく、訪れる人の傾向が如実に表れているのかもしれない。

この図書館に訪れる人は、この静かで穏やかな空間を保とうという共通認識を持っている気がする。だからこそ、ここが僕の居場所足りえていると考えると、同じ空間を利用するものとして感謝の気持ちを伝えたい。まあ、単純に市内にもっと大きな図書館があってそっちに利用者が流れているだけな気もするけど。

どこかに出かけた後の数日は、その反動からか浮いているような感覚に身体が包まれて、力が入らない。

共感してくれる人はいないだろうか、と考えるも今日は僕の前に話し相手は座っていない。

日高《ひだか》さんは今日まで図書館に姿を現していなかった。前半の夏期講習も終わって本格的な休暇に突入した今、友人たちと忙《せわ》しなく遊んでいるのだろうか。もしかしたら先に課題やらを終わらせてしまおうと考えているのかも知れない。

変に何をしているのか訊《き》くのも野暮《やぼ》なので、放っておく。

そのうちふらっと現れるか、メッセージの一つでもよこしてくるだろう。充実した人間の休暇に水を差すような真似《まね》はできるだけしたくなかった。

僕は日高さんのいない間、彼女と過ごした日々を振り返っていた。

思えば彼女と出会ってまだ三、四か月程度しか経《た》っていない。にも拘《かか》わらず、日高さんは今の僕にとって最も親しい人になっている。

おかしな話だよな、と思う。

今まで人間関係なんて諦《あきら》めて何の起伏もない日々を過ごしてきた僕が、日高咲良《さくら》という人間に出会っただけで簡単に考え方を変えられてしまった。人間一人の日常を、出会っただけで変えてしまう日高さんは、本当に太陽みたいな人だと思う。

そんな人と、僕は出会ってしまったのだ。

人生いつどこで何が起こるかわからないとはよく言うが、自分の人生でこんな出会いがあるなんて思ってもいなかった。

運がいいのか悪いのかわからないな、僕は。

そんな僕を、日高さんはどうしてか笑わせようと色々なことを試してくれた。

結局、そうしてくれる理由を話してくれたことはない。

それでも、それは一人で試すのとはまた違っていたし、僕の中で何かを取り戻していく感覚を覚えていた。

相変わらず笑えないままだし、親との関係も学校での生活も変化はない。それでも僕の日々には少しずつ色が添えられて、日高さんによって彩《いろど》られていく。彼女はある種のアーティストなのかもしれない。

この日々が笑えないことでもたらされたものなのだとしたら、僕はその欠如を安易に否定することはできない。この関係を続けるために僕が笑えないことが必要なのなら、それでいいとさえも思うようになっていた。

少なくとも、今はそれでいい。

日高さんと過ごすうちに、笑えなくなったことで捻《ねじ》れていたものが、少しずつほどけていくのを感じていた。ただ真《ま》っ直《す》ぐになれるはずもなく、また別の方向に捻じ曲がっているのかもしれないけど、少しだけ前を向けるようになった気がする。

それは挑戦心という形で僕の中に芽生えた。

何かに挑戦する気持ちが生まれたことを、僕は自覚していた。自分に諦めることを押し付けるのをやめたのが大きな要因だったと思う。

全部、日高さんに気づかされたことだ。

その変化を挑戦と呼ぶのは大げさなのかもしれないけど、僕の中では大きな変化だった。今までの自分は、笑えないという自分の欠如にある種酔っていたのかもしれない。いかにも　思春期真っ只中な酔い方を自覚した時、僕は自分で自分をぶん殴りたくなった。若気の至りにしても、恥ずかしすぎる。

とはいえ、それがあったから今の僕があるわけで。

そして僕はもう、その挑戦を始めていた。

手始めに、自分に最も近くて見て見ぬ振りをしていたことから挑戦をすることに決めた。まだまだ動き出しで、本当にそれが自分のやりたいことなのか、確証はない。ただ、まずはやってみることにした。そうじゃなきゃ始まらない。

考えて考えて諦めて、頭でっかちになるのが僕の悪いところだ。とりあえずこの夏は、『無理でもやってみる』をスローガンに過ごすことにした。傍観者から当事者へ、そうなれるように頑張りたい。

それからの一週間、僕は昼夜を通して挑戦を続けた。

まとまった時間で何かに打ち込めるというのは長期休暇の良いところの一つだ。

何もせずただ本を読んでいるだけではどうしてもだれてしまう夏休みも、打ち込むことがあるというだけであっという間に時間が過ぎていった。

充実している、と言っても良いんだと思う。時間が自分の糧になっている感じがして、疲れはするが心地良かった。

こんな感覚はいつ振りだろうか。

恐らく、僕は今の挑戦を楽しめている。

探り探りではあるけど、少しずつ形ができあがっていく工程は胸を高鳴らせ、モチベーションに繋《つな》がる。見て見ぬ振りをしてきた分、やってみたいことがたくさんあった。自分の思い込みに囚《とら》われない自由を、僕はこの身に感じていた。

この調子で行けば、僕の夏休みは今までにないほど有益な休暇になるだろう。

ただ気がかりなのは、日高さんが一切《いっさい》顔を出さないことだった。

未《いま》だに彼女とは顔を合わせるどころか、連絡すら取っていない。

一週間くらいで何をそんなに、と思いはするが、どうも胸騒《むなさわ》ぎがして仕方がない。

あのすれ違いがあった時でさえ、不自然なくらいにここに来ていたというのに。彼女はこの夏休みをどう過ごすつもりなのだろうか。

なんて、束縛系彼氏か、僕は。

もどかしい気持ちを振り払うように、僕はひたすらに挑戦する。

できるだけ早く、これを形にしてみたかった。

しかしながら挑戦という以上、僕にとっても簡単にこなせるものではない。

むしろ初めての試みとして、その挑戦は大きな壁となって僕の前に立ちはだかっていた。調子はどうか、と訊かれれば上手《うま》くいっていない、と答えるだろう。それもそうだ。僕は今まで、向き合おうとしてこなかったのだから。

前のめりで机に向かう僕を、図書館の職員さんが怪訝《けげん》な目で見ていることがしばしばあった。ついこの間までぼうっと過ごしていた人間の急な変化に目が付くのは仕方がない。それに、いつも机に本を積んでいる僕がほとんど読まなくなったのだからおかしく思う人もいるだろう。自分でも、自分の変化を少し不思議に思っているのだから。

朝起きて、誰《だれ》もいない家を出て図書館に向かう。昼はコンビニで買ったものを食べて、午後からもまた机に向かい、家に帰って寝るまでまた机に向かう。

繰り返されるその生活の中で、熱量が高まると同時に不安も募っていた。

今やっていることが上手くいくかというのも心配ではあるけど、僕の中の不安要素の大半を占めているのはやはり日高さんのことだ。

〈日高さんは、どこか行きたい所ってある？〉

短く、不安を悟られないようにメッセージを送った。残念なことに、未《いま》だに未読のまま返事がない。ちゃんと返事をしてねって、どの口が言ってたんだよ。

心の中で毒吐きながらも、僕はそわそわしていた。

もしかして、花火大会の日に致命的な何かを僕がやらかしてしまったのかもしれない。それとも、友達と遊んでいるうちに僕のことを忘れてしまっているとか？

そんなことばかりが頭に浮かんで仕方なかった。

それでも何度も連絡を入れることが得策だとは思えない。しつこいメッセージのやり取りは相手によっては不快感を与えてしまうことを僕は知っている。その結果、逆に相手の返信する気を奪ってしまうことも。

そのジレンマに身を焼かれる思いで、僕は日高さんからの連絡を待った。


また一週間が経過し、夏休みも終わりが見えてきた。

再度連絡してみたものの、結局日高さんからの連絡はない。

花火大会の日のことを、僕は思い出していた。

色んな所に行こう、という言葉は雲散霧消してしまったのだろうか。日高さんは一体、何を考えているんだろう。

今となっては、純粋に疑問に思っていた。

もどかしさは苛立《いらだ》ちに変わり、一周回ってそこに落ち着いた。

まだ、あの時彼女がごめんねと言った理由も訊けていないのだ。

気になることはたくさんあるけれど、それ以上にこのまま僕たちの関係性が途絶えてしまうかもしれないことが怖かった。時間が経つにつれ、この関係性を終わらせたくはないという気持ちは強くなる。いつかは終わってしまうのかもしれないけれど、絶対にそれは今じゃない。僕は強くそう思った。

その気持ちは僕を一つの行動へ導く。

日高さんが姿を現さないなら、僕の方から探しに行けばいい。

もしかしたら、僕が大げさに考えすぎているだけかもしれない。夏休みが明ければ、何事もなかったかのように日高さんが僕の前に現れる可能性だってある。逆に、気づかないうちに僕が何かをやらかして、愛想を尽かされてしまった、というのも考えられる。

どちらにせよ、単なる僕の早とちりかもしれない。それでも僕は探しに行こうと思った。

もし、僕の考えが大げさじゃなかったら？

いなくなるかもしれないという不安が、現実のものになったら？

何もしなかった自分を、僕はきっと許せないだろう。

訊きたいことだってあるし、話したいことだってある。日高さんに見せたいものも。だったら、やっぱり僕はそうするべきだ。

思い立ってすぐ、僕は図書館の机に広げた荷物をリュックに詰めて館内から出る。すたすたと日高さんの下へ一直線に向かおうとして、あることに気がついた僕は足を止めた。

僕はどこに向かえばいいいんだろうか。

僕は日高さんの家を知らない。メッセージも反応がない、ということはそれを知る術もない。

一応、電話してみるか……、と発信してみるもコールは延々と続き自然と切れてしまう。予想通りの結果だ。

僕たちの間に共通の知人でもいればその人に訊けばいいのかもしれないけど、そんな都合の良い人物はいなかった。そうなるともうお手上げだ。いきなり詰んでしまった。足元にある落とし穴に気がつかないなんて、どうしようもない間抜けだ。

じりじりと太陽の日差しが頭を抱える僕を焼く。

突っ立っていると余計に暑さを感じて思考が鈍ってしまいそうなので、僕は一旦《いったん》木陰に入って照りつける日差しからその身を守る。スマホをじっと見つめたまま立ち尽くすが、解決策は浮かんでこない。何かないか、と電話帳やらマップやらを開いて僕は一つの可能性に気がついた。

そう、高瀬《たかせ》の存在だ。

あいつなら、日高さんからしれっと連絡先やプライベートのことを訊きだしていてもおかしくはない。今、僕が日高さんとコンタクトを取るためには、それを頼る他なかった。

あまり気は乗らなかったけど背に腹は代えられない、僕は渋々通話ボタンを押す。二、三コールしたところで高瀬は電話に出た。

「なんだよ藤枝《ふじえだ》、どうかしたのか?」

「どうかしたからかけたんだ」

まさか僕から高瀬に連絡を取る日が来るなんて思っていなかった。高瀬も同じことを考えているだろう。電話口から聞こえてくる声はいかにも不思議そうなトーンだった。嫌々連絡先を交換させられた当時の僕に伝えたら、眉《まゆ》をひそめるに違いない。僕だって、できればこの方法は採りたくなかった。

「急にどうしたんだ。何かあったのか？」

「なあ、お前日高さんの住んでるところとか知らないか？」

「住んでるところ？　そんなの自分で聞けばいいだろ？」

「いいから、どうなんだよ」

僕は焦《あせ》って乱暴な訊き方をしてしまう。ただの八つ当たりだ。

それでも高瀬はちゃんと答えてくれる。

「落ち着けよ。……俺《おれ》は日高さんの住んでいるところなんて知らない。それどころか連絡先すら知らないんだ。というか断られたんだよ。訊いたんだけど遠回しに言いくるめられた。だから諦めたんだ。深追いしたって迷惑かけるだけだしな。って、悲しくなるから言わせるな」

くそ、当てが外れたか。

それより日高さん、あの高瀬の押しを捌《さば》ききったんだな。僕はその事実に驚く。今度コツを教えてもらいたいくらいだ。ついでに、高瀬が引くことを知っていたことにも驚いた。

「……悪かったな。じゃあ」

「ち、ちょっと待てよ。なあ、咲良さんに何かあったのか?」

声を潜めて心配そうに高瀬は訊いてくる。

こいつもそれなりにお人よしだよな、と僕は思う。もしかしたら日高さんが言っていたように、悪い奴じゃないのかもしれない。まあ、好きになれはしないんだけど。

「どうだろうな。でも、これは多分僕が解決するべき問題だ。だからお前の出る幕はない」

「お、おう。まあそう言い切るなら口は出さないけど。でも、どうしても助けが必要だったら俺を呼べよ。満を持して登場して、そのまま咲良さんを救ってやるよ」

映画の決め台詞《ぜりふ》のように格好つけて芝居がかった声で高瀬は言った。格好つけたところでお前の出番はない。こっちは譲るつもりなんてさらさらないのだから。

その言葉を聞いて僕は返事をすることなく通話を切る。

なんてクサいやり取りをしているんだ僕は。そう思いつつ、高瀬が協力の姿勢を見せてくれたのは正直ありがたかった。

出る幕はないと断言はしたものの、不安は拭えない。ただ、高瀬の言葉で少し冷静になれたというのも事実だ。

高瀬のくさいセリフが頭でリフレインする。救ってやる、なんて今時聞かないぞ。

さて、と気を取り直そうとするが、結局問題は解決していない。

他の可能性を探るしかないか。

僕は記憶の中からできるだけ使えそうな情報をサルベージする。

僕と日高さんの間に他に関《かか》わった人間がいただろうか。いや、基本的に僕たちの関係は僕たちだけで完結していた。直接誰かを交えて話をした記憶はない。じゃあ、間接的になら？

一つ思い当たるのは日高さんの友人、あの漫画に詳しい友人だ。

ただ、僕はその人について漫画が詳しいという情報しか持ち合わせていない。それどころか、性別も年齢も通っている学校もわかっていない。それに、昔の写真をちらっと見ただけの人間を可能性の一つに入れるのは、いささか無謀すぎる。

それ以上はどれだけ脳みそを絞っても、使えそうな情報は一滴も出てこなかった。

どうやら僕は、自分が思っていた以上に日高さんのことについて知らないらしい。その現実をまざまざと見せつけられた気分だ。僕は知ったつもりになっていただけの馬鹿野郎を叱責する。

思えば、僕たちの会話が互いのプライベートな部分に触れることはほとんどなかった。

お互いにあえてその距離感を保っていた、という認識は持っている。そのせいか、僕たちは互いの普段の生活のことについてそこまで知る機会はなかった。

僕に関して言えば図書館で見せている姿が素で、それ以上なんてないんだけど。例えば僕は、家族の話を日高さんの前で出したことはあまりない。そういうところを彼女は深く言及してこないし、僕も言及しない。

お互いに、その部分に触れることで関係性に変化が生まれてしまう可能性を危惧していたんじゃないだろうか。

大きく息を吸って、吐き出す。夏の匂《にお》いを感じながら、僕はいったん施行を中断する。

そして再び太陽の下へ出て、しっかりとした足取りで歩き出す。もう僕ができることは限られている。と、なれば体裁なんて気にせず動くほか、選択肢はないだろう。


僕はスマホで地図アプリを開き、それを頼りに歩いていく。普段歩くことのない通りなので、地図を見ていないと迷ってしまいそうだ。

僕はある種、吹っ切れていた。

頭が回らない時は、どれだけ考えたって駄目なのだ。立ち止まっていても仕方ない。ならば、前に歩き出すしかないだろう。その結論に至るまで長くはかからなかった。

図書館から二十分くらい歩いたところで、僕は目的地に辿《たど》り着く。やって来たのは日高さんの通う学校だった。

夏休みということで人気も少なく、所々から部活動に励む声が耳に入ってくる程度で比較的静かな様子だ。長期休暇に訪れる学校は独特な非日常感を漂わせている。

日高さんの居場所で思い当たるのは、家の他には学校しかない。思い立ったが吉日、僕は藁《わら》にも縋《すが》る思いでここまでやって来た。

道中で気がついたが、日高さんは夏休みの後期も講習が入っていると言っていた。闇雲《やみくも》に向かっていただけだけど、もしかしたら。絞り切った脳にはもう何も残っていないと思っていたけど、僕の脳みそも案外やる時はやるものだ。

こういう時に隠れるようにして校内に忍び込むと、むしろ目立つ。

僕はあえて堂々と、さも通い慣れた道であるかのように校門をくぐった。休日は制服だけでなくジャージや練習着の生徒も多くいる。私服の僕は正直目立っていたが、変にこそこそせず堂々としていた方がいい、と何かで読んだ気がする。やるなら臆さず大胆に、だ。

何事もなく校内に侵入できたものの、どこへ向かばいいかは決めあぐねていた。入ったことのない場所だったし、他校に忍び込むというのは何とも言えない緊張感がある。

校舎外に点在して単独もしくは少数で活動をしている生徒たちに話を訊いてみるのが無難だろうか。多分そうだろうな、集団で活動しているところに一人声をかけに行くような据わった肝《きも》を僕は持っていない。

ちらほらと歩いている生徒を目で追う。心の中で意気込むものの、なかなか話しかける勇気が出なかった。

自分から知らない人に声をかけるなんていつ以来だろうか。日高さんとか高瀬とか、進んで話しかけてくる人とはある程度スムーズに会話が成り立つが、今回は自分から話しかけなくてはいけない。

元々僕は自分が傷つかないために人から離れた臆病者なのだ。

それでも、そう迷わずに一歩踏み出せたのは、天秤《てんびん》にかけた時に譲れないものがあったからだろう。ここまで勢いで来てしまったのだから、成り行きに身を任せるしかない。

僕は笑えないだけで、決して人と話せないわけじゃないのだから。


慣れないことをするのは本当に疲れる。

結局三人の学生に話しかけたが、日高さんのことを知っている人はいなかった。運悪く、日高さんに関わりのない人ばかりに声をかけてしまったのだろう。

話しかけた人たちは皆怪訝な顔で僕に接していた。知らない男子が女子生徒のことを聞いて回っているのだから、当然だ。

学校の窓口に掛け合おうとしたが開いていなかった、と前置きをして日高さんに用があって探していることを告げても、期待していた返答はなかった。

基本的に自分の学年や部活など、所属を明らかにして人を訪ねてくる、というのが学校の中では常識であって、そもそもこの高校に所属すらしていない僕は人探しにおいて圧倒的不自然かつ不利な状況にあった。どこにも伝手《つて》のない僕は、こうするしかなかったのだ。

僕が知っていて使えそうな情報なんて日高さんの名前と学年しかない。手札としては弱いこと極まりなかった。

そうだとしても、もし僕が愛想笑いの一つでもできる人間なら、きっとこの問題はもう少し進展を見せるのだろう。人当たりの良さそうな笑顔で近づいて、それなりに真摯に振る舞っていれば大抵の人間は警戒を緩める。愛嬌《あいきょう》のない人間っていうのは総じて生きづらいように設計されているよな、この世の中。

笑えないことがこんなところでネックになるなんて予想していなかった。いや、今まで人と関わろうとしなかったことで問題を問題として表面化させなかっただけで、それは常に僕の中にあったのだ。こんなことになるなら、もう少し日高さんの策に乗って正面から向き合っておけばよかった。

だけど、今自分が笑えないことを恨んでも、その事実は変わらない。どうせ今日以降関わることのない人達なのだから気にしないでおこう、と自分に言い聞かせる。

聞き込みをしている中で一つ分かったのは、今が夏期講習の後半期間には該当していないということだった。

始まるのはもう少し後らしい。夏期講習の可能性が潰《つい》えた今、学校に日高さんがいる可能性は随分と低くなってしまう。長期休暇中の高校なんて、特に用事のない人間が訪れるような場所ではないのだ。

それでも僕はもう少しだけ、この学校で彼女を探してみることにした。少なくとも、日高さんのことを知っている人物に出会うことができたら何かを掴めるかもしれない。彼女の性格なら、多くの人に認知されていてもおかしくないだろうし。数を撃っていればそのうち当たるはずだ、そう信じて。

校舎の方へ向かってみると、色々な楽器の音がまばらに耳に入ってくる。恐らく、吹奏楽部が自主練習をしているのだろう。うちの高校でも音が混じらないようにする為《ため》か、散らばって練習しているのを見かけることがある。

最も近い場所から鳴っているであろう方向へ、僕は歩いていく。校舎の裏手に通じる道の渡り廊下に差し掛かったところで、楽器を抱えて椅子《いす》に座る一人の女生徒の姿を見つけた。

「あの、すみません」

僕は愛想の良い顔ができない分、できるだけ礼儀正しい態度で声をかける。怪しまれて良いことなんてないから、なるべく誠実さを感じさせるように振る舞うのが得策だろう。

僕の声に気がついて、女生徒はこちらに顔を向ける。眠たそうな目をしたまつ毛の長い女生徒はぼうっとした顔で僕と目を合わせた。

抱えた重そうな金管楽器はその小さな体に比べると少し大きすぎるくらいで、持っているだけで大変そうに見える。

「二年の日高咲良さんを知っていますか？」

僕の唐突な質問に女生徒は小さく口を開けたまま動きを止める。

訊いた後にしまった、と思った。何度も繰り返して無意識に面倒に思ってしまったのか、警戒されないための説明を省いてしまった。

女生徒は口を開けたまま、声を発さない。質問の答えを考えているのか、不審に思っているのか、あまり表情に動きがないので判断がつかない。そして日高さんのことに思い当たったのか、ふわふわと気の抜ける声で答えた。

「ああ、日高さんね。知ってるよ、それがどうかしたの？」

僕は内心で安堵《あんど》する。いや、不審に思われなかったのは良かったけど、流石《さすが》に警戒心がなさすぎるんじゃないだろうか。むしろこっちが不安になる。

「今日学校で日高さんを見かけました？」

「ううん、見てないよ」

やはり日高さんは学校には来ていないのだろうか。それでも、ようやく彼女のことを知っている人に出会うことができた。

「そうか。君は日高さんと面識が？」

「直接話したことはないよ。日高さんって、あの静かで大人しい子でしょ。あんまり人と話している印象自体ないかなあ」

「静か？」

もしかして、僕の知っている人とは違う日高さんの話をしているのか？

静かで大人しいは、僕の知っている日高さんにそぐわない言葉だ。

「うん、静か。目立たない子だよね。いつもどこか上の空だし、掴みどころがないというか。クールとはまた違った冷たさの、ミステリアス的な？　少なくとも私は話したことないし、人と話しているところもあまり見ないよ」

静かで目立たなくてミステリアス、僕は女生徒の言葉を呟《つぶや》くように復唱する。言葉にしてみても、やはり腑《ふ》に落ちなかった。

「ちょっと待ってくれ。それ、本当に日高咲良さんなのか？　別の、同姓同名の人なんじゃ」

どうしてもこの子のいう日高さんの印象と、僕が抱く日高さんの印象は噛《か》み合《あ》わない。何かがおかしい。聞けば聞くほど、僕の心はざわめき立つ。

「合ってると思うよ。この高校の二年生に日高咲良って子が二人いるとは聞いたことがないから。君が彼女にどういう印象を抱いているかは知らないけど、少なくとも私からみた日高咲良はそういう子だよ。そこに正解不正解はないでしょ？」

女生徒はそう言う。確かにそうなんだけど、ここまで違うものなのか？

僕はううんと頭を悩ませて口元に手を当てる。

「そうか……。それと、日高さんが最近どうしているか知ってたりしないか？」

「なんだか変な質問だね。あなた、もしかして日高さんのストーカーか何か？」

ふふっと笑って女生徒は言う。まあ、客観的に見ればそう捉《とら》えられてもおかしくはないが、断じてストーキング行為をしているわけではない。とはいえ、冷静に考えてみれば随分と思い切った行動に出てしまっていることは間違いなかった。思い切ったというか、もしかして僕の行動はまんま不審者では？

表情に浮かび上がってきそうになる動揺をできる限り抑え込んだ。

「危ない人には見えないし、あなたが何者だろうと気にはしないけどね。日高さんがどうしてるかなんて知らないよ、私。さっきも言った通り、話したこともないくらいだから。役に立てなくてごめんね」

「いや、いいんだ。ありがとう、変なこと訊いたのに答えてくれて」

「ううん、気にしないで」

それだけ言うと女生徒は再び大きな楽器を抱え直して楽譜に向かう。これ以上言うことがないということだろう。直接的な手掛かりはないけれど、変に引っかかる情報が舞い込んできた。とはいえ、今は何の役にも立たない情報だけど。

それが気にはなりつつも、一旦置いておく。

「ありがとう」

僕は女生徒に軽く頭を下げて礼を言い、校舎の方へ向かった。

もしかしたら核心に迫る情報は得られないかもしれないけれど、もう少しだけ足掻《あが》いてみよう。

校舎に向かって歩き出し、少ししたところで「おーい」と呼びかける声が聞こえる。さっきの子だ。彼女はたったったと僕の下まで駆け寄ってくる。

「ひとつ思い出したの」

「何を？」

「四月頃だったかな？　日高さん、あいちゃんに本をたくさん借りてたの。いや、正確にはあいちゃんにスイッチが入って色々と勧めていたんだけど。もしかしたら、何か知ってることがあるのかも、と思って」

「そのあいちゃんって子は、今日は学校に？」

「うん、いるよ」

僕は思わず小さく声を漏《も》らした。ここに来て、ようやく日高さんに繋がる人物に会うことができそうだ。漫画を貸した、ということはそれなりの仲だろうし、恐らくあの時見た写真の子じゃないだろうか。

「できればその子の話を訊いてみたいんだけど、会わせてくれないか？」

「いいよいいよ」

またしても軽くお願いを聞いてくれる。この子、本当に大丈夫なんだろうか。見知らぬ人に対してここまで警戒心を緩めることができるのも、一つの才能だな。悪いけど、今だけはそれを利用させてもらいたい。

女生徒について校舎へ入ると、階段を上って三階へと向かう。階段を上った先の廊下の角で、女生徒はあいちゃんと呼ばれる人物に声をかけた。

僕は一瞬疑問に思う。あいちゃんは日高さんが見せてくれた写真の子とは別人だったから。いや、漫画を貸してくれた子と写真の子が同一人物だと僕が勘違いしていただけか。

どちらにせよ、あいちゃんと呼ばれるこの子が日高さんにとって近しい関係であればあるほど僕にとって有益だというのは間違いがない。この場合、情報は多くて困ることがないのだ。

眼鏡《めがね》をかけていかにも物静かそうなその子は、やはり楽器を手にしている。今度は僕でもその楽器の名を知っていた。フルートだ。

「あいちゃん、ちょっといい？」

女生徒が声をかけるとあいちゃんは口元から楽器を離してこちらを向く。先に女生徒を見て、その後様子を窺《うかが》うようにして、僕のことを上目遣《うわめづか》いで見た。多分、これが普通の反応だよな。

「うん」

と、小さな声で囁《ささや》くように言った。この子も小柄で、二人が並ぶと小動物が会話しているようにも見える。

「あのね、この人日高さんのことを探してるんだけど、どこにいるか知らないかなあ？」

「日高さん……？」

「ほら、あいちゃん漫画をたくさん貸してたでしょ」

「それはわかってるよ。……だけど、私は知らないなあ」

　あいちゃんは少し不思議そうな顔をして首を横に振る。

「そっか、何かヒントになるようなことでもいいんだけど」

「ヒントって言われても……。この人はこいとちゃんの友達？」

　先程からちらちらと視線が気になってはいた。警戒というか、知らない人に人さまの情報を話すのを躊躇《ためら》っているんだろう。というか、この子の名前がこいとであることを今知った。

「ううん、さっきそこで知り合ったの」

「えっ、それって大丈夫なの？」

「さあ、大丈夫だと思う？」

　こいとちゃんは僕の方を見る。この子は天然なのか、それともわざとなんだろうか。

「いや、僕を見られても困るんだけど。あの、僕藤枝と言って咲良さんの知人なんだけど。最近になって急に連絡が取れなくなって心配で探しに来たというか、何というか」

　僕が言うと二人はへえと声を出す。最低限の事情は伝わっただろうけど、あとはあいちゃんの警戒心次第か。

「悪い人じゃないと思うよ、多分」

「駄目だよ、こいとちゃん。普通は少し不審に思うものなんだよ」

　良かった、あいちゃんは比較的まともそうだ。危なっかしい子の傍《そば》に手綱を握ってくれる子がいると安心できる。しかしながら、今の状況で警戒されてしまうのも僕にとっては望まない展開だ。

「あの、あいさんは日高さんの友達なんだよな。不審に思われても仕方がないとは思うけど、僕は日高さんがどうしているのかを知りたいだけなんだ。だから……お願いします、教えてもらえませんか？」

僕はしっかりと頭を下げる。この機会をふいにしてしまっては、もう日高さんに会えないような気がした。縋《すが》るような気持ちで彼女の返事を待つ。

するとと、下がった僕の頭の上でこいとちゃんが間の抜けた声を出した。

「あいちゃんって日高さんと友達だったの？」

「ううん、本を貸したときに少し話しただけだよ」

僕は顔を上げて二人の顔を交互に見る。

「少し話しただけ？」

こくりとあいちゃんは頷《うなず》いた。僕がまた何かを勘違いしているんだろうか。日高さんは確か、友人が漫画を貸してくれた、と言っていたはずだ。頭の中で情報が錯綜《さくそう》して、よくわからなくなってきた。

「少しというか、一度というか。日高さんとはあれきりだよ」

「ということは、やっぱり」

「うん、残念だけど」

また振り出しか、と思うと僕の口から大きなため息が出た。

「ごめんね」

申し訳なさそうにあいちゃんは言う。気を使わせてしまったことに気がついて、僕は慌てて頭を下げた。

「いや、こちらこそ時間を使わせてしまって申し訳ない。ありがとうございました」

日高さんの現状については、やはりわからなかった。これ以上、この二人に迷惑をかけるわけにもいかないだろう。

残念がる僕に向けて、こいとちゃんは静かな笑みを向ける。

「会えるといいね」

そして優しい声で言った。そう言ってもらえたことで、落胆が少しだけ紛れた気がした。

僕はもう一度二人に礼を言って、その場を去った。立ち去る僕の頭の中には、僕の知らない日高さんの情報がぐるぐると巡っていた。多分だけど、日高さんは僕にいくつかの嘘《うそ》をついている。ここに来て、いくつも違和感を覚えることがあった。考えれば考えるほど、そうとしか思えなかった。それが事実だったとして、どうしてそんな嘘をつく必要があったのだろうか。

日高さんの手掛かりを求めて、校内を歩き回る。彼女につながる情報なら何でもよかった。

しかし、すでに内心ではもう見切りをつけ始めており、日を改めるかどこか他の場所を探すべきではないかと思い始めていた。

　ふと、外の景色を見ようとしたところで窓に反射する自分の顔と目が合った。相変わらずどうしようもなく不愛想で可愛《かわい》げのない顔だ。不愛想なら不愛想なりに、その人の魅力の出し方なんていくらでもあるだろうけど、僕にはそれもなかった。ただただ、つまらない男がそこには映っている。

　こんな奴《やつ》が探しに来たところで、喜ぶ人なんていないだろう。日高さんも例外ではない可能性もある。そうだとしたら、僕はどうしてこんなにも必死に彼女を探しているのだろうか。

　思考に影が差し込むのを振り払うように、僕は再び歩き始めた。諦めたくないのか、諦めがつかないのか。どちらにせよ、僕の意思には日高さんを見つけ出すという選択肢しかなかった。

　うろうろとしているうちに図書室の手前にある掲示板が目に留まった。進路の情報、部活動の勧誘ポスターなどなどがまばらに貼《は》り付けられている。こんなところに手掛かりがあることはないだろう、と思いつつも藁にも縋る思いで目を通していく。

　その中で、一枚の紙切れが目に留まった。

　それは小さな新聞記事だったけど、見覚えのある顔の写真が載っている。それほど鮮明な写真ではなかったけれど、間違いなくそこには日高さんの顔が映っていた。

　地方予選を勝ち残り、音楽コンクールの全国大会出場を決めた入賞者、と本文には書かれている。入賞者一覧にある名前を順に追っていくと、日高咲良の名前があった。間違いなく、この記事に載っているのは日高さん本人だ。でも、どうして。

僕はもう一度落ち着いて、新聞記事の内容に隅々まで目を通す。ヴァイオリン部門で入賞、そして全国大会。日高さんが？　今までそんな話、一度だって聞いたことがない。驚きと困惑が僕の頭を乗っ取ってかき乱す。

物静かで目立たない、僕の知らない一面。それにヴァイオリン。僕の知らない日高さんの姿が明らかになる。彼女がどこまで自分のことを隠しているのか、僕にはわからない。ただ、新聞の記事になってそれが学校の掲示板に張り出されているということは、日高さんがヴァイオリンで優秀な成績を収めていることは疑いようのない事実である。

一体どれほどの隠し事を、日高さんはしているのだろうか。

距離が近づいたかと思えば、僕の前から姿を消して、おまけに嘘と隠し事。本当の日高さんは、僕が見てきた日高さんではないのだろうか。彼女の真意がどこにあるのかはわからない。

これだけ振り回されているにも拘わらず、やっぱり僕は日高さんのことを知りたいと思っていた。多分もう、日高さんに救われたからとか、そういう理由だけではないんだと思う。

他にも何かないだろうか、と掲示板の隅から隅まで目を通してみたけど、新しい情報はなかった。もう一度日高さんの載っている記事の下まで戻り、顔写真をじっと見つめる。

本当に、日高さんはヴァイオリンを弾くんだな。しかも全国大会に出場するほどの実力者。あれだけ図書館に通っておきながら、練習はどうしていたのだろう。素朴な疑問がいくつか湧《わ》いてきたけど、今はヴァイオリンに興味を持っている場合ではない。

とはいえ、今の僕は途方に暮れてしまっていた。次第に写真に写る日高さんの顔が、僕の知らない人物に思えてくる。間違いなく顔の造形は日高さんなのに。不思議な感覚を覚えつつも、その写真と目を合わせたまま僕は掲示板の前を離れることができなかった。

しばらくその場に立ち尽くしたまま、じっと新聞に閉じ込められた日高さんとにらめっこしていると、がらりと扉の開く音が聞こえてきた。図書室から人が出てきたのだ。僕はできるだけ壁際に寄って通り道を開ける。

「集まって宿題終わらせよって言ったのに、漫画読んでただけだったねー」

「それそれ、結局ノートすら開いてないよ私」

わいわいと三人組の女子がこちらに向かって歩いてくる。いかにも青春を謳歌《おうか》している、クラスの中心グループ所属という感じがする。さっきの吹奏楽部の二人よりもこういう子たちの方が交友関係は広いんだろうけど、自分から話しかけるのは今の僕にとって少し難しいかもしれない。

だらだらと話しながら、彼女たちは僕の後ろを通り過ぎていく。僕は次に何をするべきなのかを漠然と考えていた。

「みずきはさ、案外真面目《まじめ》だよねー」

「案外は余計だけど」

その会話を聞いて、僕は一瞬思考を止める。

自分が何に反応したのかわからなかったけど、本能が聞き流してはいけないと警告していた。まるで走馬灯を見るように、僕の頭の中で日高さんとの何気ない会話がまばらに再生されていく。記憶の内のどれかが、今の会話と繋がろうとしている気がしてならなかった。

この数か月の記憶を一瞬で処理したせいか、頭の神経が焼けたかのようにひりついた。僕は思い出していた。思い出して、そして気がついた時には口に出していた。

「みずき」

無意識に発したそれは思いのほかはっきりと明瞭に再生され、当然呼ばれた側の人間も気がついてこちらを振り向く。

「誰、あんた」

振り向いたその子の顔にはやはり見覚えがあった。写真より少し伸びているけど、真黒の髪と刺すように鋭い目は変わっていない。間違いない、日高さんが親友と言っていた写真の子だ。

僕が呆然《ぼうぜん》としたまま顔を見ているので、他の二人は不気味そうな顔でこちらを見つめている。早く行こう、とみずきを催促してその場を離れようとするので僕はとにかく言葉を繋いで引き止める。もう、話しかけるのが難しいとか、なりふり構っていられなかった。

「君、日高さんの親友なんだろ。彼女がどこにいるか、知らないか?」

僕はみずきの目をしっかりと見て言った。もう、これが最後のチャンスになるだろう。絶対に逃してはいけない、そう思った。

「あんた、咲良の何なの？　というか、どうして私のこと」

みずきの表情から、警戒が強まったのがわかった。視線は痛いくらいに鋭くなり、声に圧が加わる。後ろの二人は不安と疑問が入り混じった顔で僕たちのやり取りを見ていた。

「日高さんって、あのあんまり喋《しゃべ》らない子だよね」

「ねえ、この人変だよ。行こう、みずき」

「……ごめん、ちょっと先に行ってて、みずき」

みずきは言った。二人は困惑しながらも、「待ってるね」と答え、みずきを置いて教室に向かって行った。

「どこの誰かもわからない奴に、教えられるわけがなくない？」

二人が見えなくなったところで、突き放すようにみずきは言う。僕も負けじと答える。

「話せば長くなるから端的に言うけど、色々あって僕は日高さんを探しているんだ。ただの勘違いかもしれないけど、日高さんに何かあったかもしれないと思って」

「……咲良に何かあったの？」

みずきの片眉がぴくりと動く。知らない、ということは日高さんは親友にも何も言っていないのか？

「わからないけど、今まで頻繁に顔を合わせていたのに急に連絡が取れなくなったんだ」

「それ、あんたが嫌われただけじゃないの？」

突き放すように言いながらも、彼女は少し動揺している様子だった。彼女の中で、少なからずどこかが揺らいだように僕は思う。恐らく、心当たりがあったのだろう。

「日高さんの親友の君なら、何か知っているんじゃないか？　何もないならそれでいいんだけど」

「知ってたとして、あんたに教える義理はないでしょ」

「義理がなくたって、僕は知らないといけない、知りたいんだよ」

突っぱねるみずきに対して、僕は必死に食い下がる。彼女は間違いなく僕が知りたいことの一部を知っている、そう確信していた。

「……だから何？　あんたたちの間にあったことは知らない。だけど咲良があんたに知って欲しいって言ったわけ？　そうじゃないなら、あんたのしていることはただのエゴでしょ」

その静かな言葉と瞳《ひとみ》から、鋭い刃物を僕の喉元《のどもと》に突き付けるような切迫した思いが伝わってくる。きっと彼女にも抱えていたものがあるのだろう。

「日高さんがどう思うかなんて、僕にはわからない。わかるはずもない、だって違う人間なんだから。だからこそ、知りたいと思うんだよ。もう自分の中で簡単に折り合いをつけて諦めるような真似はしたくないんだ」

僕は彼女に向けられた思いから逃げることなく、その眼を真っ直ぐに見つめ返す。僕の中でもたくさんのものが揺らいでいるけど、日高さんともう一度話したい気持ちだけは確固たる信念としてあった。

束《つか》の間のにらみ合いは、みずきが視線を切ったことで終わる。彼女は遥《はる》か遠くに思いを馳《は》せるように、窓の外に目を向けた。そして彼女は言う。

「私、もう一年近く咲良と口を利《き》いていないの」

「え？　いや、だけど日高さんは君のことを親友だと言ってたんだ。写真だって見せてくれた。中学の時の写真だったけど。それを覚えていたから、僕は君のことがわかったんだ」

僕が言うと日高さんは少し驚いたようにこちらを向いた。その目からは、先程のような鋭さは感じられない。

「……親友ね」

「違うのか？」

「親友だった、の方が正しいのかもね。咲良がどういう意味で私を親友と呼んだのかはわからないけど、私たちの関係はもう終わってるの」

絞り出すようにしてみずきは二人の関係を言葉にした。締め付けられるようなその声には、燻《くすぶ》り続ける後悔が籠《こ》もっている気がした。

「何があったのか、教えてくれないか？」

みずきは考え込んで黙る。僕は彼女の返答を静かに待った。みずきとの関係の中に、日高さんの抱えていることのヒントがあるかもしれない。

少しして、彼女は迷ったまま口を開いた。

「私と咲良は、話さなくなるまでずっと一緒だったの。同じ夢に向かって努力して、喧嘩《けんか》もあったけど毎日が楽しくて。でも、そんな日々も唐突に終わりがやって来た。私の口から詳しく言うことはできないけど、ある日を境に咲良は私を避けるようになったの」

「急に？」

僕の時と同じだ。

いや、同じかどうかはこれからわかることだ。ただ避けているのか、それとも。

「初めはそれほど露骨じゃなかったんだけどね。違和感を覚えて、私も咲良に訊こうとしたの。でも、あの子は何も言ってくれなかった。何も言わずに避けられて、咲良は学校でも人と関わらなくなっていった」

「もしかして、それとヴァイオリンに何か関係が」

「知ってるの？　咲良がヴァイオリンを弾いていたこと」

みずきは驚いている様子だった。気のせいかもしれないけど、その顔にはどこか期待に似たものが滲《にじ》んでいるように見える。

「さっき、そこの掲示板を見て知ったんだ。僕といる間、日高さんはそれについて一切何も言っていなかった。だから驚いたんだ、意外だったし。だけど優秀な成績を収めているのに、どうしてか練習しているような素振りは見せたことがないんだ」

「そう……。練習なんてしないよ。だって咲良はヴァイオリンをやめたんだもの」

「やめたって、どうして」

「さあね、咲良自身から訊きなよ。わからないから私もずっと、折り合いをつけられないでいるの」

顔の横にかかる髪を手櫛《てぐし》でとかして耳にかけると、彼女は小さく息を吐いた。

「それにあの子、このままだと学校もどうなるかわからないし」

「学校……？」

学校がどうにかなるって、まさか。

「咲良、ここ最近学校を休むことが増えたんだ。別に体調が悪いとかではないみたいだけど、ただ単にサボるって子でもないから、ちょっとね」

まさか、と身体から熱が引くのがわかった。

夏休みが明けてみないとわからないけど、僕の前からだけじゃなく学校にも来なくなる可能性はある。すでにその兆候がある以上、それは多少なりとも現実味を帯びていた。

あの時ごめん、と言ったのは、やはり僕たちの関係の終わりを示唆していたのだろうか。

「だとしたら、何かを相当抱え込んでるだろ。それも、一人で」

何で言ってくれなかったんだろう。

いや、どうして気がつけなかったんだろう。

僕はずっと、日高さんの笑顔の裏にあるものを知らないまま、ただ彼女の見せる姿だけを見ていたのだろうか。何が本当で何が嘘で、日高さんが何を隠しているのか。

僕は向き合わないといけない。

向き合って、知りたかった。

日高さんのことを。そして、これからの僕たちのことを。

「昔からなの、一人で抱え込むのは。ほんと、困っちゃうよね」

「君は日高さんに……」

何もしなかったのか？　と言いかけて口を噤《つぐ》む。関係が終わっていると言いながらも、みずきはずっと日高さんを気にしてきたのだろう。

僕が言おうとしたことが伝わったのか、自嘲《じちょう》気味にみずきは答える。

「できることはないかって、思ったの。でも、もし自分が原因だったらって考えるとね。その一歩が果てしなく遠く感じたの」

「なんとなく、わかるよ」

仮に僕が日高さんをそうした原因なのだとしたら、今僕がしていることは単なる迷惑に過ぎない。それどころか、事態を悪化させかねない悪手になり得るリスキーな手だ。きっと、みずきは優しいのだろう。自分の気持ちより日高さんのことを優先したからこそ、彼女は今苦しんでいる。

「僕はそれでも、日高さんのところへ行かないといけない。それは僕のためでもあるから。僕がそうしたいから」

「……そっか」

僕が言うとみずきは伏し目がちに呟いた。

「初めのうちはね、私も理由を訊きにいったんだ。ヴァイオリンをやめたのは良いとして、どうして私を避けるんだって。咲良がヴァイオリンをやめたのは残念に思ったよ。もう一緒に演奏することはないのかなって。でも、だからって友達をやめることにはならないでしょ」

「みずきもヴァイオリンを?」

「いや、私はピアノ。楽器は違うけど、私たちはよく一緒に演奏してたの。私は咲良のヴァイオリンが好きだったし、あの子も同じように言ってくれた」

確かに、音楽をやめたからって友達じゃなくなるわけじゃないと思うし、日高さんもそんな冷たい人間ではないはずだ。自分から離れていったということは、何かわけがあるはずだ。ヴァイオリンをやめたこと自体じゃなくて、どうしてヴァイオリンをやめたのかが問題なのかもしれない。

「というか、どうして名前で呼ぶの。馴《な》れ馴《な》れしいんだけど」

「ああ、いや、悪い。日高さんがそう呼んでたから流れで。それに、僕は君のフルネームを知らないし」

日高さんがそう呼んでいたから、自然とみずき呼びが刷り込まれていた。記号的に呼んでいたけど、確かに馴れ馴れしい。それを言えば、僕が初対面の人とこんな風《ふう》に話していること自体がおかしなことではあるけど。

「……茶屋《ちゃや》みずき」

どこか不満そうにみずきはそう言った。

「わかった。これからは茶屋さんって呼ぶよ」

また会うことがあったら、だけど。それに、何も意識しなかったら自然と下の名前で呼んでしまいそうだ。一度刷り込まれた呼び方は、そう簡単に消えてはくれない。

「あのさ、あんたの前だと咲良はどんな感じなの」

みずきはぼそぼそと訊いてくる。きっと彼女は関係は終わっているだとか言いながらも、実際のところずっと気になっていたのだろう。発言の節々にそれが滲み出ている。

「日高さんは、僕の前だと嘘みたいによく笑うんだ。もしかしたら本当に嘘なのかもしれないけど。それでも僕にはそれが眩《まぶ》しいくらいに明るくて、時折羨《うらや》ましく感じる。それから、日高さんは自分の殻に閉じこもっていた僕を色々な所に連れ出してくれた。おかげで僕の日常はそれまでと一変した」

ふと気がつく。僕は日高さんのことになると、少しばかり饒舌になってしまうみたいだ。少し恥ずかしくなる。ちらとみずきの表情を見たが、彼女は真面目な顔で僕の話を聞いていた。

「仮に嘘だったとしても、あんたの前では咲良は笑うんだよね」

僕はこくりと頷く。静かな沈黙の後、みずきは相好を崩した。彼女の微笑《ほほえ》みも、日高さんとはまた違った美しさがあった。

「あの子、昔は私の前でも本当によく笑ってたんだ。……私、咲良のこと諦めた振りをしていた。自分を偽って、そうしないとただ苦しいだけだから。私は多分、あんたみたいに馬鹿で真っ直ぐにはいられない」

しみじみと、後悔を滲ませてみずきは言う。過ごした時間が長いほど、どんな選択をしたって苦しくなるのだろう。

「僕だって真っ直ぐじゃないよ。捻じ曲がって捻じ曲がって、たまたま今前を向けているだけだから」

「偶然だっていいじゃない。結果として、あんたは咲良に会いに行く選択をしたんでしょ。私は折れて、あんたは折れなかった。ただそれだけが、決定的な違いなの」

悲し気にみずきは笑った。僕たちは多分、少しだけ似ている。環境や状況が違ったなら、僕も同じようになっていただろうし、みずきは今と違う選択をしていたかもしれない。どんな仮定をしても、過ぎてしまったことは過去という事実として変わることのないものになる。だから僕は目の前のことに必死に手を伸ばすことしかできないのだ。

「折れたって、もう一度立ち上がればいいんだ。君は僕のことを知らないけど、僕は何度も折れてみっともない人生を送りながら、それでもこうして立てている。日高さんのおかげでな」

恥も外聞もなく、というわけにはいかない。恥ずかしさも惨めさも、ちゃんと自分で認めた上で僕はまだ立っている。認めて受け入れないと、またすぐに折れてしまうから。

「……私もあんたみたいに、諦めなければよかったのかな。でもきっと、今咲良に会いに行くべき人はあんたなんだろうね」

みずきの声はほんの少し震えていた。きっと、彼女の中ではまだ日高さんは親友のままなのだろう。たとえ、日高さんがどう思っていようとも。

「僕が言えることじゃないんだけど、君はもっと自分に素直になってもいいのかもな。まあ、僕は君のことを知らないから、一概には言えないけど」

「アドバイスなんて求めてないんだけど。まあ、そうだよね。ごめん、変なこと言って」

そう言ってみずきは軽く頭を左右に振ってから、こちらに向き直る。その目は遠くを思うようおぼろげに霞《かす》んでいるように見えた。

「私、もう一度咲良と演奏したいんだ。それに、昔みたいにまた一緒にいたい。さっき、会いに行くべきはあんたって言ったけど、その言葉に嘘はないよ。だから、お願い。今はあんたが、咲良のこと見ていてあげて」

「言われなくても見てるさ。正直、僕からすれば君と日高さんの関係がどうなろうが関係ない。言っておくけど、僕は僕と日高さんのこれからの為に彼女に会いに行くだけだから」

僕が言うと、みずきは静かに口元に笑みを浮かべた。僕が日高さんに会えたところで上手くいく保証は無いし、もしかしたら彼女と話すのはその時が最後になってしまうかもしれない。それでももし駄目だったとしても、僕はきっと諦めない。日高さんが帰ってくるのを望んでいるのは、自分だけじゃないのだから。どうしてか、それがとても嬉《うれ》しかった。

「あんた、怪しいけど悪い奴じゃなさそうだね」

「なんだよ、それ」

「いや、普通に考えてちょっとストーカーじみてると思うけど。まあ、不純な動機で咲良を探してるにしては必死だからね。私も、ちょっと考えてみるよ。あんたのアドバイスを参考にね」

「それはどうも」

僕の言葉なんて参考にしていいものなのかはわからないけど。まあ、これでみずきが日高さんともう一度仲良くしてくれるのなら、それに越したことはない。日高さんが何か問題を抱えているとして、それは僕だけでどうにかできるものではないかもしれないから。

僕一人の力なんて、ほんの些細《ささい》なものだ。それは自分が一番わかっている。だからこそ、自分ができる限りをやるしかないのだ。

ふと、廊下の奥からぱたぱたと足音が聞こえ、目を向けると曲がり角からひょっこりと顔を出すように二人の女子が顔を覗《のぞ》かせた。みずきと一緒にいた二人だ。

思いのほか長話になったので、心配になって見に来たのだろう。不安そうな顔と僕を睨《にら》むような視線が交錯している。

「おい、あれ」

僕が指を差した方へみずきは振り返って、気がつく。

そろそろ僕も行こうか、と最後に訊きそびれていた解答を求める。

「なあ、最初の質問のことだけど」

「ああ、そうか。あんたはそれが知りたいんだったね」

ちょっと待ってね、とみずきはスマートフォンを取り出してどこかに電話をかけ始める。電話がつながると、みずきは丁寧かつ親し気に挨拶を交わす。いくつか日高さんのことを尋ねた後、感謝の言葉を述べて電話を切った。

「誰に電話したんだ？」

「咲良のおばあちゃん」

ああ、両親ではないのか。まあ、学生は夏休みだけど、平日社会人は普通に働いているのだから、電話に出られないだろうしな。

「日高さんのおばあさんは何か知ってたのか？」

僕は縋《すが》るように尋ねる。みずきは電話で聞いた話を手短に教えてくれた。

とりあえず、日高さんの身に何かがあったわけではないみたいだ。僕は少しだけほっとする。

だけど、連絡ができる状況であるならば日高さんは自身の意思で連絡を断っているということになる。その理由まではわからないようだった。

それから、みずきは日高さんのいそうな場所を教えてくれた。二人がまだ親友だった頃の記憶を呼び起こして、みずきなりに推測したのだろう。

取りこぼさないように、彼女が教えてくれたことを小さな声で反復する。

僕も初めからこの手が使えたら、随分とことがスムーズに進んだだろうに。

「それじゃあ。お互い、上手くいくといいな」

「……咲良、ああ見えて色んなことを一人で抱える子だから。上手く言えないけど、よろしく頼むね」

弱々しくみずきは笑う。彼女もまた、日高さんを通してこれまでとこれからを繋げていくのだろう。だとしたら僕は、みずきのこれからにも良いことがあればと願う。

「やれるだけやってみる」

僕は小さく頷く。

そうだ、とみずきは何かに気がついた素振りを見せる。それから少し躊躇った後、僕に尋ねた。

「あんた、名前は？」

ああそうか。みずきにも名乗ってなかったんだっけ。

同時に気がつく。僕が今日知ったことは日高さんの知らなかった部分だけじゃない。僕であって、僕の知らない僕を垣間見《かいま》た気がした。それは遠くにも思えるいつかと、日高さんのくれた今が重なった像なのかもしれない。

「藤枝蒼《あお》」

はっきりと、僕は名乗った。

「そう、覚えておく」

僕はようやく、スタート地点に立つ資格を手に入れたのだ。

4.5

ごめんなさい

自分の影すら見失ってしまったことは、もうわかっていた。

懐かしく、温かいはずの部屋はどうしてか息苦しくて、私は膝《ひざ》に顔を埋めて座り込む。外から聞こえてくる蟬《せみ》の声が、私の選択を責め立てているようにも聞こえる。

帰ってくれれば、何かが見つかるかもしれないと思っていた。

そんなのはただの願望で、都合の良い想像に過ぎなかった。

この部屋はあの時から何も変わっていない。それなのに、何かが決定的に欠けていた。抜け殻のような部屋に、抜け殻の私が一人。それを埋めてくれるものは、もうここにはなかった。

「……ごめんなさい」

私はまたそう呟《つぶや》いた。

誰《だれ》に向けたかもわからない言葉は、虚《むな》しく宙に溶けていく。

藤枝《ふじえだ》君は今頃《いまごろ》、どうしているだろうか。

何も知らない彼は、私が図書館に来るのを待っているかもしれない。それとも、私のことなんて忘れて静かに自分の日常を過ごしているかも。

そうだったらいいな。

花火大会のあの日、私は気づいてしまった。自分が藤枝君と過ごす時間をどう思っているのかを。自覚して、私はどうしようもなく自分を非難した。

それなのに、自分がこうして被害者面しているのが笑えてくる。

だって、本当の被害者は藤枝君やみずきなんだから。

みずきなんて、もう一年くらい口も利《き》いていない。私が距離を置きだすようになってからしばらくは、ずっと声をかけてくれていた。私はそんなみずきに何も答えず、ただただ遠ざけた。彼女が傷ついていくのを、わかっていながら見ない振りをしてきた。それが、みずきの為になると思ったから。

私は間違えているのかもしれない。

それでも、このまま私といるよりはましだと思った。隠しごとだらけの私には二人と楽しい時間を過ごす資格なんてないのだから。

間違っていたとしても、これでいい。

みずきも藤枝君も、私なんかより強くて大丈夫だから。

大丈夫じゃないのは私の方だ。

私が一人悶々《もんもん》としていると、スマホの着信音が鳴った。私はそれを取ることなく、鳴り止むまで膝に顔を埋めたままでいた。随分と長いコールだったな、と思って画面を見ると、そこにはあお君と表示されていた。

困ってしまう。こうして気にしてくれているのがわかると。

本当はすぐにかけ直して、洗いざらい吐き出したかった。だけど、そんなことできるはずがない。

結局のところ、私は嫌われたくなかったのだ。だから、本当のことを知られて嫌われてしまう前に逃げた。臆病で、卑怯者《ひきょうもの》だ。

「どうしてこうなっちゃったんだろう」

後悔したって、どうしようもない。

私は今の私を否定することしかできない。過去に縋《すが》ることしかできなくなってから、あの町で過ごすのが息苦しくなった。学校だって、行ったところで何もならない。いつまでもおばあちゃんに迷惑をかけるわけにもいかない。

私はふらふらと立ち上がって、自分の部屋だった場所へ向かう。扉を開けて、中に入ると懐かしい匂《にお》いがした。勉強机の上には、見慣れたケースが置いてある。

近づいてケースに触れると、薄っすらと埃《ほこり》が被っていた。まるで、今の私が横たわっているようで、妙な気分になる。幸せと苦しみが詰まったそれは、私の人生そのものだった。

埃を払って、私はそれを肩に提《さ》げる。

そして、重い足取りで家を出た。最後のお願いをしに行くために。

昔、親友と行ったあの場所で、私がまた一から一人でやり直せるように。

「……行ってきます」

小さく呟いた私の声に、答えてくれる人はいなかった。

最後にみずきが教えてくれたのは、正確に言えば日高《ひだか》さんがいるところではない。

彼女が教えてくれたのは日高さんの祖母から聞いた話とみずき自身の推測の結果であって、つまり確証のあるものではなかった。だけど今まで僕が聞いた情報の中では最も日高さんに近いものであることは間違いない。

何の保証もないし、時間の無駄になるかもしれない。

それでも僕はみずきの心当たりを信じてみることにした。少なくとも僕にとっては、過去の話とはいえ日高さんの親友だったみずきは信用に足る人物だと判断できる。日高さんの友人に、変わった人はいても悪い人はいないだろう。

僕は道中、日高さんの学校で知ったことを整理しながら歩いた。整理、といっても判然としない情報や謎《なぞ》がほとんどだ。それに、結局のところ日高さんが姿をくらました理由はまだわかっていなかった。

ヴァイオリンをやめた理由もそうだけど、彼女は自分の多くを僕に隠している。より一層、彼女のことを知りたいと思ったし、知らないといけないと思った。

みずきが僕に教えてくれた場所は、僕たちの町からさらに田舎の方にある。電車で一時間程度の道のりを走り、そこからさらに歩かないといけないらしい。

もちろん、僕はそこに行ったことはない。というか、特別な用でもなければ行くことはないだろう。それくらい、何もない田舎なのだ。スマホで検索してみても、出てくる画像はやはり山や田畑ばかりだった。

そんな場所に、どうして日高さんがいるかもしれないのだろうか。

少なくとも、何かしら彼女に縁のある土地ではあるのだろう。

日高さんの高校から最寄りの駅まで歩き、電車に乗り込む。平日の昼下がりということもあり、乗客はほとんどいなかった。僕は端のボックス席に一人座って、ゆっくりと走り出す発車メロディーに耳を傾けていた。

突如始まった電車旅は、到着するまで僕を手持ち無沙汰にする。話し相手もいないので、景色を見ながら思考を流していくほかなかった。

車窓から外の景色を見ると、次第に視界に入る緑が増えてくる。山沿いの田んぼや畑、生い茂る木々が日光に照らされてその輪郭を輝かせている。自然豊かな場所だからこそ見られる美しさは見ていて飽きることがなかった。

穏やかな景色と心地良い走行音は時間の流れをゆっくりと感じさせる。そのおかげで、僕の頭には余裕ができた。残念なことに、そのリソースは先を案じることに割かれてしまう。とにかく、探しに行った先で日高さんに会えなくては、元も子もないのだから。

しかしながら、僕の理性は簡単に揺らぐ。どうしようもなく落ち着く気温と光、音が僕を次第に眠りへと誘った。気づけば僕の瞼は閉じていて、意識が遠のいていくのを感じる。うつらうつらする中で、僕は夢と現実の狭間《はざま》を見た。その内容ははっきりとは覚えていないけど、ぼんやりとした光の中に包まれているような気分だった。心地良さに身体を預け、僕はただ誰《だれ》かのシルエットを追いかけていた。

車内に流れるアナウンスで、意識は現実に引き戻される。

目を覚まして状況を理解した僕は飛び起きるように立ち上がって、開いた電車の扉から急いでホームへと出た。危うく寝過ごすところだった。危ない危ない、起きることができなかったらどこまで田舎に連れて行かれるかわかったもんじゃない。

人気のない、小さくて寂《さび》れた駅に僕は降り立つ。ここで降りたのは僕だけらしく、辺りに他の乗客は見当たらなかった。改札を出ても、駅員すら見当たらない。どうやら無人駅のようだ。

僕の町よりも空気が澄んでいて、心なしか気温も少し落ち着いている気がする。静かで建物が少なく、開けた土地が空の高さを強調していた。

僕は腕を高く上げて身体を伸ばす。まだ降り立ってすぐの土地だけど、居心地が良くて好きになれそうだ。

このだだっ広い場所から一人の人間を探し出すのは至難の業だと思う。いや、むしろここまで自然豊かなら人がいるだけで目につくかもしれない。

どちらにせよ、来てしまった以上はやるしかない。

再度気合いを入れ直して、僕は歩き始める。

みずきは、この駅から小さな田舎町へ向かい、そこを抜けた先にある小さな山の話をしていた。それは小さな山らしく、麓にはまた小さな池を携えているそうだ。そこが、日高さんがいるかもしれない場所らしい。

「前に一度、咲良《さくら》に連れられて行ったことがあるの」

みずきはそのことについて多くを語らなかったけど、つまりは二人の思い出の地でもあるということだろう。

ここまで来たからには、どうにかして見つけ出すしかない。

文明の利器《りき》を使ってみるも、それらしい情報はヒットしなかった。見ればわかるんだろうけど、こうも同じような山が視界に広がっていては、壮大な間違い探しをしている気分になってくる。

しらみ潰《つぶ》しに探していては、いつまでかかるかわかったもんじゃない。それに、移動手段は自前の足しかないのだ。もたもたしていると、すぐに日が暮れてしまう。

単純に、地元の人間に訊くのが一番だろう。

僕は夏の音と温度を全身に浴びながら、静かな一本道を進む。少しすると話に出ていた田舎町らしき民家の集まりが見えてきて、僕はそこに向けて歩いていった。歩いているだけで野生動物と遭遇しそうなくらい自然と共生している町並みは、イメージ通りの田舎といった感じだ。道の脇《わき》に流れる水路でさえ、淀《よど》むことない綺麗《きれい》さに目を惹《ひ》かれる。

民家の並ぶ通りを抜けると、小さな駄菓子屋を見つけた。いかにも昔ながらの駄菓子屋、という外観には好感が持てる。僕の町にはこんな店はなかったはずなのに、不思議と懐かしさを感じた。

ちりんちりんと涼しげな音を鳴らして、店先では吊《つる》された風鈴が揺れている。風鈴の音なんて聞いたの、いつ以来だろう。

店の中に入り、久しぶりに見る駄菓子たちを物色する。小さい頃に食べていた記憶が思い起こされて、懐かしさに小さく心が躍った。

「いらっしゃい」

カウンター越しの奥、見えないところから店員の人の声だけが飛んできた。僕は背筋を伸ばし、姿勢を整える。

「あの、すみません。この辺りに、麓に池のある小さな山があると聞いたんですけど、よかったら場所を教えてくれませんか？」

僕の声に反応して、青年は奥の方からひょっこりと顔を出す。それからのそのそと歩いてきて、レジ台の横にある椅子《いす》に座った。清涼感のある黒い短髪に、半袖《はんそで》短パンというラフな格好をしており、そこから細く骨ばった手足を覗《のぞ》かせていた。

「観光？　いや、こんなド田舎でそんなわけないか」

「人探しです」

僕は正直に答える。

「人探しか。珍しいね、友達でも探してるのかい？」

そう訊《き》かれて言葉に詰まる。僕たちの関係が何なのか、それはずっと僕も考えていたことだ。自分の中での位置関係は何となくわかっていても、それを言葉という明確な形にするとなれば途端に難しくなる。

僕が答えに迷っているのを、青年は優しい顔で見守っていた。

「そうか、青春だね。君が探してるのは多分、ここだね」

僕が答える前に、青年はそう言って手元の引き出しから紙とペンを取り出す。そして台の上で、目的の山までの道のりを地図に描いてくれた。僕は青年から差し出された地図を受け取る。

「ありがとうございます」

やけに強い筆圧で描かれたその地図を僕は見る。はっきりくっきりした線なのはいいけど、もう少しで潰れてしまいそうなほど力強い。華奢《きゃしゃ》な背格好の割に、主張の強い地図だ。

「気を付けなよ、あの山は幽霊が出ることで有名だから」

ペン先を僕に向けて、にやりと笑って脅すように青年は言った。

演技ぶった口調に、僕ははあ、と息を漏《も》らす。

「幽霊?」

「夕暮れ時になると、山の中にある神社から金切り声のような音が聞こえてくるって子どもたちが騒いでたんだ、怖いよね。まあ、去年の夏くらいに一瞬話題になっただけで、それ以降誰も噂《うわさ》しなくなったんだけど。今となっては七不思議のなり損ないさ」

僕に突き付けていたペン先を下ろして、反対側でぽんと手のひらを叩《たた》く。

本当に幽霊なのか、それ。

「ただの気のせいから始まったのが、子どもたちの中で噂として膨らんでいっただけなんじゃないですか?」

「そうかもね。今となっては掘り返すのも僕くらいだし」

この人は何でそんな噂の語り手をしているんだろう。地図まで描いてくれたあたり親切な人なんだろうけど、変人だ。

今年は日高さんを筆頭に変人と出会う機会が多いな。

いや、僕が久しく人と触れ合ってなかったからそう思うだけで、実際人間ってこんなもんなのかもしれない。一人でいると基準が全部自分になるから、その辺りが鈍っているのだろう。

それ以上幽霊の話に言及することなく、僕は店内の駄菓子をちらと見て数点を手に取る。

「これ、ください」

僕がそれをレジ台に置くと、青年は僕の顔を見て少し申し訳なさそうに笑った。

「気にしなくていいんだよ、道を教えるくらいなんてことないんだし。最近はここも若い人が減って、君くらいの子と話す機会も少ないんだ。話し相手をしてくれて、こっちが感謝したいくらいさ」

「いや、ただ僕が食べたいだけなので。そちらこそ、お気になさらず」

この程度で礼代わりになるかはわからないけど、僕なりの誠意の形である。それに、久しぶりに駄菓子を食べてみたくなったのは本当だった。

僕がそう言って財布からお金を出すと、青年の目が途端にきらめく。

「そうかそうか、ありがとう。本当はこんなご時世だから、うちも結構苦しいんだよ。ただでさえ利益《りえき》率の高くない仕事だし、さっき言ったように子どもの数も年々減っているからね。家計も火の車なのさ」

台の上にことりと置いた小銭を、青年は奪うかのように摑《つか》み取ってレジスターの中に手早く放り込む。その手際の良さから見て、随分と手慣れているのだろう。なんだか詐欺にあった気分だ。滅茶苦茶《めちゃくちゃ》現金な人じゃないか。

「ちなみに僕、幽霊なんて信じていないんで」

去り際に僕はそう告げる。

幽霊も宇宙人も未確認生物も、僕は存在しないと思っている。それは人間の豊かな想像力が作り上げた産物だ。僕にとってはその想像性の方が興味深く夢のある話だった。

小さく唸《うな》った後、青年は口を開く。

「ああ、僕もだよ」


駄菓子屋を出て、僕はまた一人目的地を目指す。

親切で変人な駄菓子屋の青年が描いた地図には至ってシンプルな道が示されている。しかしながら道はわかっても、その道のりの距離感は紙の上では把握することができない。

民家の立ち並ぶ通りを脇道《わきみち》に逸《そ》れ、細い農道へと入っていく。両脇には水の張られた田んぼに、伸び伸びと育ったまだ青々しい稲が夏の風に揺れている。

遠くに見える山以外に視界を遮《さえぎ》るものは何もない。見ているだけでも気持ちよく、心に涼しい風が吹くようだった。とはいえ、どう足掻《あがい》ても夏の日差しからは逃れられない。僕の額から頬《ほお》を伝って汗が流れる。

単純な道だと思って舐《な》めていた。

簡単に到着できそうに見えてその実、一つ一つの道がかなりの距離を有しているのかもしれない。開けた一本道だから、より一層そう感じてしまう気もした。

僕の町より少し気温が低く感じるからと言って、夏真っ盛りな青空の下を長時間長距離歩くとなれば、間違いなく体力を消耗する。自販機は見当たらないし、手元にはペットボトルに入った飲みかけの水しかない。ちびちびと大切に飲まなくては。

それにしても、本当に何もない所だな。

見渡す限りの山、田畑、川が広がっている。逆に言うとそれだけだ。目に入るもの全《すべ》てが目に優しい色をしている。木々や草花も心なしか生き生きとして見え、空を飛ぶ小鳥たちも自由に羽を伸ばしているような気がする。

窮屈さを感じないのだ、ここは。

もちろん住んでみれば田舎特有のご近所付き合いだとか地域の寄り合いだとか、様々なしがらみはあるのだろうけど、少なくともふらっとここにやって来た僕にとっては力の抜ける土地であることには違いない。

自然を全身で感じていると、ますます日高さんがここにいるかもしれない理由がわからなくなってくる。

僕の知っている限り、彼女はそれほどアウトドア派なわけではない。日高さんがいなくなったこととヴァイオリンには何か関係があるのかもしれないけど、こんな片田舎と関係があるとは考えづらかった。

じゃあ一体何の縁があるのだ、と考えても一向に思いつかない。

そもそも、だ。

彼女がヴァイオリンをやめてしまったことを知ったとはいえ、まだ僕の知らないことはたくさんあるに違いない。ほんの片鱗《へんりん》を知っただけでは、どれだけ考えても説得力のない妄想にしかならないのだ。パズルを完成させるには、全てのピースが揃《そろ》っている必要がある。

だからといって、考えずにはいられないのが難しいところで。疑問が疑問を呼んで更なる疑問に繋《つな》がろうとする。僕はあえて疑問を一つに絞り、それと向き合うことにした。

どうして日高さんは、僕の前から姿を消したのか。

疑問の原点はそこだった。

自分で言うのも何だけど、僕らの関係性はそれなりに良好だったはずだ。互いに相手のことを知り、僕はその中で居心地の良さを感じた。日高さんがどう思っていたのかはわからないけど、興味もない人間と何か月も時間を共有しないだろう。

ちょっとしたいざこざがあったとはいえ、それについては花火大会で一段落したはず。で、あれば、原因はどこにあるのか。

ふと、なるべく考えないようにしていた可能性が頭に浮かんでくる。

いつまで経《た》っても笑えない僕に愛想が尽きた、という可能性。

日高さんに見限られたと思いたくはないが、否定はできない。結果的に、彼女の数か月の努力は一切《いっさい》実っていないのだ。

とはいえ、日高さんの思っていることは彼女自身にしかわからない。希望的観測をすれば、まだただの気まぐれという可能性も残っているはずだ。いや、そうだとしたら僕はとんでもなく踊らされていることになってしまうけど。

色々な予想が頭を巡った後、やっぱり見限られたとは思いたくないな、と自覚した。

僕にとっては笑えないなりに、楽しい時間だったから。認めるのは癪《しゃく》だったけど、それが本心なんだから仕方がない。

楽しかったな、と思った後、日高さんは楽しかっただろうか、と考える。

初めの頃、彼女は大げさなくらいに笑っていた。その時から違和感はあったものの、ずっと目を逸らしていた。いつからか僕は、日高さんを疑うことをやめたから。

彼女のあの笑顔は、本心だったのだろうか。

時間が経つにつれて不自然な陽気さはなりを潜めていったけど、未《いま》だに引っかかっている。本物にも見えるし、完璧すぎてどこかつくりもののようにも見えるその笑みの内情が気になっていた。

ただ僕は、今まで見てきたその笑みに間違いなく惹かれていた。

見る度に違う輝きを見せるそれに惹かれるのは、きっと僕だけじゃないだろう。だったら、やはり日高さんには笑っていてほしい。

もちろん日高さんのことが心配なんだけど、それと同じくらい僕たちのこれからへの不安も募っていた。もしかしたら今日が、僕たちにとっての分岐点になるのかもしれない。

僕は自分に言い聞かせた。

その時がいつ訪れてもいいように、その時を逃さないように。

駄菓子屋の青年が描いてくれた地図に従って、僕はやっとのことで目的地である、麓に池を携えた小さな山に辿《たど》り着くことができた。示された場所とは概《おおむ》ね一致しているはず、恐らく合っているだろう。

池を見つけるまで山々の区別がつかず、不安になっていたが乱立する木々の中に池を見つけたことで安堵《あんど》した。

朽ちかけた立て看板に、神社と池の名前が記されているようだけど、野ざらしにされて荒れたその文字は上手《うま》く読み取れなかった。

あったのは本当に小ぢんまりとした池だった。その水は澄んでいて、池の底まで見通すことができる。かなり綺麗な水みたいだ。どこか神秘的な雰囲気が漂っていて、確かにここなら幽霊や神様の一つくらいいたっておかしくないなと思った。

木漏れ日《こもれび》が水面に反射して、幻想的な景色を作り出している。僕は木陰で少しの間休むことにした。予想した通り、僕の身体は日光に当たり続けて、溶けたアイスクリームのようにだれてしまっている。

休憩なんてしている暇があるのだろうか、と自分を問い詰めるものの、こんなところでぶっ倒れてしまっては元も子もない。自問自答が繰り広げられるが、焦《あせ》りよりも理性が上回っていた。まあ、結局会えるかどうかは運によるところが大きいのだ。

とはいえ、のんびりと綺麗な水面を眺めているわけにもいかない。

数分間の休憩の後、呼吸と調子が整ったところで、僕は再び歩き出す。

長時間のウォーキングの次は山登りだ。インドア派の僕にとってはしんどい運動になる。それでも自分が何をしにやって来たのかを考えると、自然と歩みは進んでいった。

草木が伸び放題とはいえ、ある程度山道に整備が施されているのが幸いだった。随分と昔に簡易的な山道を作っただけ、という感じだったが、それでもありがたい話だ。

この様子では、神社があるとしても廃神社か常駐の神職の方がいない無人の神社なのだろう。どちらにせよ、勝手に立ち入っていいものかと躊躇《ためら》いそうになる。僕はそれを振り払って歩みを進めた。

半ば崩れかけの階段を疲労の溜《た》まった足で必死に上る。地面に段差を付けて木で補強してあるだけのそれは、経年によって随分と劣化しているようだった。

足に鞭を打って階段を上っていくと、段々と景色は鬱蒼《うっそう》としてきた。いよいよ、何かが出てきてもおかしくない雰囲気が漂っている。

肩で息をしながら足場の悪い道を進んでいくと、階段の終わりが見えてきた。身体の至る所を汗が伝っている。夕方に近づいて気温のピークを越えたとはいえ、どこまでいっても夏は暑い。

小さな山とはいえ、それなりに険しい道のりだった。見えていた階段の終わりまで辿《たど》り着くと、奥の方に開けた空間が目に入る。

吸い込まれるように、僕はそこへと向かう。

道の両脇に生えた木の一本一本が、僕の顔を覗き込むように枝を垂らしていた。山にそんな意図はないのだろうけど歓迎ムードとは言い難《がた》い雰囲気が感じられた。どちらかといえば得体のしれない大きな存在に自分という人間を品定めされているような、そんな気分だ。

狭かった視界が開けると、背の高い木々が囲む開けた場所に出る。その奥の方に、小さな神社を見つけた。麓の立て看板に書いてあった神社だろう。

ここに足を踏み入れた瞬間に、静けさが深まった気がして気づけば背筋が伸びていた。静かなんだけど、悪寒とか嫌な気配がするわけじゃない。むしろ気持ちが澄んでいく気がして、妙な居心地の良さを感じた。

忍び寄るように、僕は神社へと近づく。

小さな神社で長く人の寄った気配はないけど、荒れ果ててはいなかった。最低限の手入れはされているようだ。この地域の人たちで維持活動がされているのだろうか。

境内を見回して、僕はふと参拝しようと思い立つ。

存在がどうたらとは言ったけど、神社はお参りする場所だ。自分の覚悟を決めるのも兼ねて、一応挨拶《あいさつ》くらいしておこう。

今は神の手だろうが猫の手だろうが借りてでも、日高さんを見つけなければいけないのだ。我ながら都合の良い主張だとは思うけど、人間っていうのは大昔から我《わ》が儘《まま》で欲深い生き物なんだから仕方ない。

僕は賽銭《さいせん》箱の前に立って、財布から五円玉を取り出して、ひょいと軽く投げ入れる。こんっ、こんっ、と小銭は斜面を転がって、賽銭箱の中にちゃりんと落ちていく。知っている作法通りに礼と拍手をし、手のひらを合わせて祈る。

日高さんを無事見つけられて、しっかりと話ができますように。

心の中でそう祈る。その他諸々《もろもろ》の願いや決意や覚悟やらが頭の中を巡っていたが、その大半が日高さんのことだった。全く、やっぱり踊らされているじゃないか、僕は。

聞きたいこともたくさんあるけれど、言いたいことも同じくらいたくさんある。

何から伝えていいかわからないくらいには。

そのためには、日高さんを見つけるだけでは十分でない。僕が取り戻すべきは、これから先にあるはずの彼女との時間なのだ。

ゆっくりと目を開けて、合わせていた手を下ろす。そして僕は再び境内を見渡した。夏にそぐわないやや青白くも見えるこの光景は、これからも永遠に変わらないのだろう。そう思わせられるような、えも言われぬ説得力があった。

神秘的な静けさの中佇《たたず》んでいると、ふと、何かの気配を感じた。

本能的に、警戒の姿勢を取る。いないとは思うけど、危険な野生生物だったとしたら洒落《しゃれ》にならない。こんな田舎の山の中なら出てきてもおかしくはない。

それから、僕の頭に駄菓子屋の青年の話がよぎる。幽霊なんていない、そう言い聞かせるも身体から血の気が引いていくのを感じていた。

汗で濡《ぬ》れたシャツの胸元《むなもと》に、さらに冷や汗が流れ落ちる。僕の後方、少し離れた茂みの方に、何かがいる。

すぐにでも逃げられる体勢をとってはいるが、僕の足は地面に根っこが生えたかのように動かない。切迫したリズムで僕の心臓は大きく動く。

動けないでいる僕の前に、ついにそれは姿を現した。

ふらふらと歩くそれは白い肌に白い衣をまといゆらゆらと髪を揺らしている。左肩から黒く長い何かが飛び出ていた。

「まさか、な……？」

震える声で呟《つぶや》く。

本当に、駄菓子屋の青年が言っていた幽霊、なのか？

僕の視線に気がついたのか、白い幽霊も顔を上げて僕と目を合わせる。

石になったように僕は固まる。決して幽霊の呪《のろ》いなんかではない。現に、相対している幽霊も、その動きを止めて硬直したかのように僕の顔を見ていた。

「藤枝《ふじえだ》……君？」

本物の幽霊なら、僕の名前を呼んだりはしない。

そこにいたのは、僕がずっと探し回っていた日高さんその人だった。死に装束に見えた衣は、ただの白いワンピースで、心なしか青白い顔をしているように見える。よく見れば、肩には何かの大きなケースを提《さ》げていた。

ようやく見つけられた。

達成感と正体が幽霊じゃなかったという安堵に、僕は大きく息を吐いた。日高さんの顔を見た途端に身体から力が抜けるのを感じたが、堪えて口を開く。

「何してたんだよ」

「何って……。いや、それより藤枝君、どうしてここに」

流石《さすが》の日高さんも困惑して言葉が出ないようだ。それもそうだ、この場所は僕が知るはずもないところなんだから。

「茶屋《ちゃや》さんに聞いた」

「聞いたって、会ったの？　みずきと」

みずきの名前を出すと、日高さんは明らかに動揺していた。いくつもの疑問が彼女の頭には浮かんでいるのだろう。困惑した表情で日高さんはこちらを見る。

僕は何から話すべきか考えながら言葉を紡《つむ》ぐ。

「探してたんだよ、君があまりにも連絡をよこさないから。全く、人のこと言えないな」

「それは」

「君の学校に行ったんだ」

僕は日高さんが何か言い出す前に出鼻を挫《くじ》く。あまり話を逸らされると日が暮れてしまいそうだ。話したいことはたくさんあるのだから。

「おかしいよ、流石に。藤枝君がこんなストーカーじみたことするような行動力のある人だった覚えはないんだけど」

いつものように軽口を叩こうとしてはいるが、その視線や挙動は動揺を隠しきれていなかった。不思議に思うのも仕方ないだろう。僕も自分に、少なからず驚いているのだから。

「勝手に色々詮索したのは謝る。悪かった。だけどおかしいのは日高さんの方だろ。花火大会の帰り際も意味わからないこと言ってくるし、そう思ったら何も言わず姿を消すし、メッセージを送っても返信はないし、挙げ句の果てには学校までやめそうな勢いらしいし。ここまで辿り着くの大変だったんだからな。まあ、それは僕が君のことをあまり知らなかったのが原因なんだけど」

「別に、探してくれなくて良かったんだよ」

僕が呆《あき》れた顔で言うと、日高さんはそう切り返す。突き放すような言い方は、あまりにも彼女らしくない返答だった。おまけに、話している間僕と一切目を合わせない。

「いや、探すさ」

あまりにも平然とした僕の態度に、彼女は黙った。

僕を怯《ひる》ませるつもりだったのかもしれないが、いちいち波風を立ててはいられない。わかりきった嘘だし、こちらはもう覚悟を決めてきているのだ。

さも当然のように言っても、内心では日高さんを無事見つけられたことにかなり安堵していた。見つけ出せた今だから言える言葉であって、僕はようやくスタート地点に立つことができたのだ。

沈黙の末、彼女は伏し目がちにふっと息を漏らして言った。

「やっぱり変だよ、君。二、三週間程度知り合いが音信不通になったからって、その人の学校まで探しに行くって普通じゃないと思う」

「普通じゃなくたっていいだろ。これが今の僕なんだから。僕は君と話がしたくて、君のことが知りたくてここまで来た。それが僕なりの一つの解だから」

「どうして君はそこまで」

「君だって自分のためになるわけでもないのに僕を笑わせようとしてくれたろ、同じだよ」

僕が言うと日高さんは唇を少し噛《か》んで答える。どこか苦しそうな表情だった。

「違うよ。君と私は……」

そう言って日高さんは肩を小さく落とした。

「ねえ、みずきと会ったんでしょ。じゃあ、色々聞いてるよね」

日高さんは唐突に話を切り出す。色々、というのが何を指しているのかは明白ではない。だけど確かに、日高さんのことについて色々と聞いたのは間違いなかった。

「茶屋さんだけじゃない。他の人にも訊いて回ったんだけど、皆僕の知らない日高さんの話をしていた。君は今困惑しているだろうけど、それは僕も同じだ。なあ、どっちが本当の君なんだ」

単刀直入に僕は切り出す。

日高さんはすうっと息を吸って、どこか割り切ったような顔で僕の顔を見返した。

「どっちもなにも、私は私だよ」

そう答える日高さんの顔は、背の高い木々が落とした影によってどこかつくりもののようにも見えた。温度のない表情の裏には、きっと何かを隠している。

「君がどういう人なのか、僕はそれなりにわかっているつもりだったんだ。でもそうじゃなかった。君が僕の前から姿を消して、初めて気がついた。僕はまだ、日高さんのことを何も知らないんだって」

「知らなくていいことだよ、それは」

「もしかしたら、そうなのかもな」

日高さんは怪訝《けげん》そうに眉《まゆ》をひそめた。

知らなくてもいいこと、なんて世の中には溢れている。こと人間関係においても、知らなくていいことを知ったことでその後の関係性が良いようにも悪いようにも変わってしまうことも。そんなことは、もちろんわかっている。

「でも、知っておくべきだとか知らなくていいとか、そんなのじゃないんだ。そうじゃなくて、僕は知りたいんだよ」

言いたいことはたくさんあった。疑問も納得のいかないこともたくさん。

ただ、それを全てまとめてみれば答えは案外シンプルだった。

だけどシンプルが故に、難しいことでもある。他人を知るということは、その分多くを受け入れなくてはならないということだ。価値観や性格、ものの見方、全てが自分とぴったり合う感性の持ち主なんて、この世に存在するはずがない。

だから人は言葉にして、お互いの受け入れ方を探していくのだ。

「藤枝君はきっと、本当の私を知ったら幻滅するよ」

僕の言葉を振り切るように日高さんは言う。

違うよ、とは言い切れない。幻滅するかどうかは、聞いた後の結果論だ。僕がどう思うのかは、今の自分にはわからない。

「それでも、僕は知りたいんだ」

はっきり言って、怖い。

もし自分が本当の日高さんを知って幻滅してしまったとすれば、僕は僕を非難し自分自身に失望するだろう。どうして彼女を受け入れてあげられなかったのか、幻滅するのであれば何故《なぜ》訊いてしまったのか。自分に拒絶の槍《やり》を刺すことが容易に想像できた。

それでも、知ろうとしないことで受け入れられたはずの世界をなかったことにすることの方が、僕にはどうしようもなく恐ろしいことに思えた。知っても、知らないままでも、自分に失望する可能性があるのなら、僕は知ることを選ぶ。

「……どうして急に図書館に来なくなったんだよ」

「別に、図書館に行くのは義務じゃないでしょ？　約束してるわけでもないし」

「確かに義務じゃない。でも、君は僕に夏休みに色んな所に行こうって言ったじゃないか。あれはどうなったんだよ」

「そんなの、ただの気まぐれで言っただけだよ。藤枝君、私の言葉に踊らされすぎだから」

普段とは違う、棘《とげ》のある口調で日高さんは言う。

その裏に、僕を遠ざけたいという明確な意図があるとわかっていても、心臓の奥の方が刺すように痛んだ。

「確かに踊らされてるかもな。でも、それは君と色んな所に行くことを僕が少しでも期待していたからだ。だったら、日高さんにも説明する責任があると思うけど」

「だから言ってるでしょ、ただの気まぐれだって」

「いや、嘘だね」

僕は被《かぶ》せるようにして言った。それに反発するように、日高さんも即座に答える。

「何の根拠があって言ってるの？」

「根拠なんてないよ、ただの勘だから」

「なにそれ、意味わからない。藤枝君のただの勘違いだよ」

勘違いなはずがない。だって、明らかに日高さんは普段の彼女らしくない言動をしているのだから。その裏に理由がないわけがない。

「どれだけ君が誤魔化《ごまか》そうとしても、僕は引かない。それに訊きたいのはそのことだけじゃないんだ。君に何があったのか、どうしてヴァイオリンをやめることになったのか、訊きたいことは山積みだから。これは単なる推測なんだけど、君が姿を消したのとヴァイオリンには何か関係があるんじゃないか？」

僕は日高さんの肩に背負われた黒いケースに目を向ける。その大きさと形状から、中身の予測はついていた。やめたはずのそれをどうして持ち歩いているのか、理由はわからない。

「そんなことまで聞いたんだね。別に、やめたかったからやめただけだよ。そこに深い意味はないし、そんなの誰にでもあることでしょ？」

「そんなの、日高さんらしくないだろ」

「私らしいって、なに？」

途端に、彼女の目が鋭く厳しいものになる。僕は気圧《けお》されて少したじろいでしまう。後ずさりしそうになるのを堪えて、前のめりになるくらいの気持ちで答える。

「茶屋さんに訊けば、やめたのは急だったらしいな。それもずっと一緒に演奏してきた茶屋さんに話すこともなく、彼女を遠ざけた。そんなの、絶対に何かあるに決まってる。そういうのがらしくないって言ってるんだ。日高さんはもっとこう、何の理由もなく放り投げるようなことはしない人だろ」

頭の中で上手《うま》く回答がまとまらない。他人が言うその人らしさなんて、単なる記号的なイメージに過ぎないのだから。僕は自分の言葉の薄っぺらさを恨む。

「そんなの、全部嘘の私かもしれないじゃない」

「仮に嘘だったとしたら、君はそこでも何かを隠していることになる。いや、君は隠しているんだ。だとしたら、それにも理由があるってことだろ」

自分でも何を言っているのかわからなくなってくる。結局僕は自分の理想の日高さんを本人に押し付けているだけなのかもしれない。それでも僕は必死に、日高さんに向けて言葉を紡いだ。今の僕にはそれしかできない。

「なあ、教えてくれよ。不愛想な僕でも、話を聞くことくらいはできるから」

どうにかして食らいつこうとする僕に根負けしたのだろう。日高さんはぽつりとこぼすように言葉を続けた。諦《あきら》めと愁《うれ》いに満ちた声だ。静かな空を見つめるその目は、ここじゃないどこかに向けられているように思える。

「ここさ、本当に何もない田舎だったでしょ」

「ああ、何もなかったな。そこが僕は好きだと思ったけど」

ここに来るまでの道のりを思い出しても、特別目立つ建物や場所は見当たらなかった。静かで穏やかな自然だけがそこにはあった。それだけなんだけど、それが何ものにも代えがたいこの場所の良さだと僕は思う。

「ここね、私が昔両親と住んでいたところなの。良い所でしょ、私も気に入ってるんだ。今となっては、ほとんど来ることもなくなったけどね」

「そうなんだ。じゃあ、日高さんは家族みんなであっちに引っ越してきたんだな」

「ううん、違うよ」

日高さんは首を横に振る。僕は首を傾《かし》げた。

「誰かはこっちに残っているのか？」

「そっか、みずきからそのことは聞かされてないんだね」

そのことって、何の話だ？

後ろの方でばさり、と鳥が飛び立つ音がした。まるで、その先を聞きたくなくて逃げ去るように。日高さんの口が開くまでの間に、僕の心に小さな波が立っていた。

「私の両親ね、二人とも亡くなっているの」

「え」

驚きを小さな声にした後、僕は途端に何も言えなくなった。

日高さんは当たり前のように言うけど、僕はどう反応すればいいのかわからないでいる。

僕はみずきとの会話を思い出す。日高さんがみずきから離れたある日、というのは多分このことだ。そう思い当たって、やはりヴァイオリンとそれには関係があるのだと僕は確信した。

何も喋《しゃべ》れないでいる僕を前に、日高さんは続ける。周りのもの全てが、彼女の言葉に耳を澄ましているようだった。神社も、木々も、僕も。

「両親ともに演奏家でね。私が十歳の頃、お父さんが亡くなったの。仕事で演奏に行った帰り、交通事故だったんだ。幼かった私は泣きじゃくって、お母さんを困らせてたと思う。本当はお母さんも同じ気持ちだったはずなのに、笑顔で私を抱きしめてくれたんだ」

小さく息を吸って、吐く。その呼吸音さえ、僕は一つも取りこぼしてはいけないと思った。

日高さんは小さな子どもに向けておとぎ話を話すように語る。僕が催促するまでもなく、彼女は続けた。その声は不思議なくらい凪《な》いでいた。

「そんなお母さんも、私が中学卒業目前に病気で倒れちゃったの。元々身体の弱い人だったから。きっと、無理してたんだと思う。それは多分私の為《ため》で、そんなお母さんに私は何もしてあげられなかった。そしてお母さんはそのまま去年の夏に、静かに息を引き取ったの。何もない田舎町だけど、私たちは幸せに過ごしてたんだよ。音楽があって、大切な人の笑顔があって。

今でも思い出すくらいに」

終わりになるにつれ、日高さんは伏し目がちになりその声も小さくなっていった。

彼女の人生に何が起きたのかを、僕は概ね理解した。

悲しい話だ、と僕は思う。

何が起きたか、はわかったけど僕はそれに心から寄り添うことはできない。僕には大切な人を失った経験がないのだ。人の死と直接向き合ったことがない自分に、それを語る資格なんてない。

それに、日高さんは慰めを求めているわけではないはずだ。

「どうしてヴァイオリンをやめたんだ？　だって、日高さんにとって音楽は手放せない幸せの象徴みたいなものだろ。大切な人、家族やみずきと君を繋ぐものだったんじゃないのか？」

上手くはまらないピースを何度もあてがうように、自分の中に渦巻く疑問を言葉にする。何度も問い詰めてくる僕を突っぱねるように彼女は言う。

「どうしようもなかったんだよ。もう、私は弾かないって決めたの。君の中の私がどんな人間なのかはしらないけど、私は逃げた。全部捨てて逃げだしたの。ただそれだけの話だから」

「ただ、それだけって言われても、僕にはそれがわからないんだよ。どうしても違和感が拭えないんだ。絶対に君は何かを隠している。日高さん、本当はヴァイオリンを弾《ひ》きたいんじゃないか？　手放せないから君は肩にそれを提げているんだろ。君は何から逃げているんだ。どうして僕の前からいなくなったんだよ。話してくれないとわからないだろ」

駄々《だだ》をこねる子どものように僕は訴える。段々と日高さんの表情も険しくなってくる。だから、と言って、僕は引き下がるわけにはいかない。

「思い出すことの辛《つら》さ、君にはわかるの？」

重く、刺すような一言だった。

僕はわかっている。想像するそれと実際に体験したそれには雲泥の差があることを。思い出せると思い出してしまうでは、大きな違いがあるはずだ。

「知らなかったとか、知りたいとか、そんなの君のエゴじゃない。わかったようなこと言って、何もわかってないくせに。君だって、逃げてたのは同じでしょ」

畳みかけるように日高さんは言う。言葉にした日高さん自身も、苦い顔を浮かべていた。

自分のことを言われて、僕は心臓に杭《くい》を打たれたような思いになる。鈍い痛みがじわじわと広がって、胸の奥を締め付けた。痛みと共に、言葉が滲《にじ》み出る。

「そうだよ、僕もずっとそうだった。でも、少しずつ変わったんだ、変わろうと思えたんだよ。君がそう思わせてくれたんだ。今の僕が少しずつ前を向けるようになったのも、全部君のおかげなんだ」

僕の言葉に、日高さんは言葉を詰まらせる。言い返そうとした言葉は喉《のど》につっかえ、そのまま飲み下されたようだった。

「私は何もしてないよ……。結局君を笑わせることはできなかったし、私にはそんなことを言ってもらえる資格はないの」

「資格もなにも、それが事実なんだよ。救われた人間が言っているんだから、間違いない」

押し付けるような物言いに、日高さんは困る。僕は自分にできること、自分がしなくてはいけないことに気がつき始めていた。

「僕が見てきた君は、諦めない人だった。こんな不愛想で変に諦観していた僕にあれだけ根気強く接してくれたんだから。僕から言わせれば、少しおかしいくらいだ。そんな君がただ逃げ出すなんて思えない。きっと、君は諦めた振りをしているだけなんだよ。自分にそう言い聞かせているだけだ。そうじゃなきゃ、ヴァイオリンはとっくに手放してるはずだろ」

僕が日高さんが肩から提げるケースに目をやると、彼女もそこへ視線を落とす。少しの沈黙の後で、彼女は言った。もう、視線は合わなくなっている。

「捨てるんだよ、だから。捨てるために持ってきたの。それが私の結論なの」

「捨てて何になるんだよ」

「何だっていいよ。私がしたいからそうするのするの。ここにヴァイオリンを捨てて、私は一人で生きていく。それが藤枝君とみずき、私の為だから」

「そうやって何でもかんでも捨てようとしてるのが、らしくないって言ってるんだよ」

互いに言葉尻が強くなる。内心穏やかではなかったけど、それは怒りじゃなく絶対に日高さんの本心を引き出してやる、という意地へと変換された。

僕への拒絶と自身への否定が入り混じり、日高さんは眉間にしわを寄せる。

「どうしようもないんだよ。そうでしょ？　もう、私が好きだった二人の演奏は二度と聴けない。お父さんとお母さんは二度と演奏できないの。もう、聴くのも弾くのも嫌になった」

強い口調で言う。どんな言葉も寄せ付けない、頑《かたく》なに彼女は否定する。僕たちが言葉を交わす度、世界から音が消えていくような気がした。もう、僕には日高さんの声しか聞こえていなかった。彼女の言葉に混じったノイズを、僕は拾い上げる。

「……僕の言ってることは単なる理想の押し付けなのかもしれない。自分の知っている日高さんであってほしいと、心のどこかで思っていることは認める。それでも、どうしても君がヴァイオリンをやめる理由付けを自分でしているようにしか思えないんだ。何が日高さんをそうさせているんだ」

頭の中に点在する思考の粒が少しずつ寄り集まってくる。まだ、形にはならない。僕は続ける。暗闇《くらやみ》の中で見えない何かを必死に集めるように。

「本当に君はやめたくてやめたのか？」

僕の問いに、日高さんは答えない。

視線は足元に、口を開く素振りも見せない。それでも僕は、真《ま》っ直《す》ぐ日高さんのことを見る。ずっと人と向き合うことを避けていた僕だけど、今この時だけは、この人の前だけは、僕の全て向き合いたかった。

「やっぱり君はまだ何かを隠している。僕は知っているんだよ。音楽を聴く時の君が、穏やかで優しい顔をしていることを。カフェで流れたクラシックのメロディーを口ずさむ時も、子どもたちの演奏を聴いているときも。君は間違いなく、今も音楽が好きなはずだ」

「そんなこと……ない」

呟く言葉に力はない。弱々しく言った日高さんは自分を隠すように、両の手を胸へと当てる。まるで小さな子どもが自身の身体を抱きしめているように。

「そんなことあるだろ。自分で否定して、圧《お》し潰されそうにならないようにしていたんだ。わかるんだよ、僕もどうしようもないくらいにそうだったから」

僕はもうわかっていた。

日高さんがどうしてヴァイオリンをやめて、音楽を拒絶するよう自分に言い聞かせていたのか。僕の知る日高さんが、いつも前を向いていた彼女が、そうせざるを得なくなった理由を。

「君は弾くことをやめたんじゃなくて、弾けなくなったんだ」

僕が出した答えに、彼女は小さく身体を揺らしておびえるような目で僕のことを見た。合わなかった視線が合って、そうしてようやく彼女の瞳《ひとみ》から感情が姿を覗かせる。

「知られたくなかったな」

胸に当てられた手で白いワンピースをぎゅっと握る。

日高さんが逃げていたのは、多分ヴァイオリンからだけじゃない。彼女を見て、彼女を知って、もっと知りたいと思った僕は、理屈じゃないところで彼女を理解できたような気がしていた。

「どうにかしようとしたんだろ、君も。昔の僕と同じように」

「……藤枝君の言う通り、私は嘘つきなんだ」

日高さんはここに来て、初めて笑った。花火大会の別れ際に見せたのと同じ笑みだった。それを見て僕の心臓は鈍く痛む。

彼女はおもむろに肩に背負ったケースを下す。開くとそこにはやはりヴァイオリンが入っていた。ケースに入っていたから綺麗なのかもしれないけど、僕にはそれがきちんと手入れされているように見えた。思えば、実物を目にしたことはなかったかもしれない。

日高さんはそれを手に取って左肩と顎で顎当てを挟み込み、右手で弓を持ち構える。すらりと伸びた背筋が彼女の細い体を美しく見せる。

自然で悠然としたその立ち姿を、僕は何度も見たことがあった。

普段から見せていたどこか品のある姿勢の良さとヴァイオリンを構えた姿が重なる。ああ、やっぱり日高さんはヴァイオリンを弾くんだ、と実感した。表現はその人自身が出るとは言うが、立ち姿だけできっとこの人の奏でる音は美しいんだろうと思わされる。

日高さんは構えたままぴたりと動きを止める。時間が止まっているかのような錯覚に僕は

陥《おちい》る。日高さんも、それを含めた景色も、彼女がヴァイオリンを構えた瞬間に永遠の美しさがもたらされたかのようだった。

それでも、構えて止まったままで音が鳴ることはなかった。

僕はその姿をじっと見つめている。おかしいなと思い始めた頃に、その音は聞こえた。演奏というには乱雑で、不器用に揺れ響くそれは悲痛な叫びのようにも聞こえる。旋律にもなっていない、ただ不格好なだけの音の羅列だった。

気がつけば、日高さんの身体は小さく震えていた。過呼吸気味に荒くなった息遣いは、切迫感を抱かせる。唇を噛み、悔しさと苦悶の表情を浮かべる彼女は見ていられなかった。

「日高さん、もういいよ」

僕は掠《す》れた声を漏らす。それがどれだけ苦しいことなのかは、何となく僕にも理解ができる。今までできていた、当たり前だったことができなくなることは、それが何だろうと等しく辛い。それが自分の大切なものならなおさら。

「この通り」

と、言って日高さんは申し訳なさそうに笑う。

彼女の額に浮かんだ汗は、暑さのせいなのか、それとも冷や汗なのか、判断がつかない。困った顔で笑って誤魔化す彼女の姿は酷《ひど》く痛々しくて、僕は動揺する。そんなことでは駄目なのに。

構えを崩して、日高さんはヴァイオリンを持ったまま腕を垂らす。そのまま天を仰《あお》いで、ゆっくりと息を吐き出した。

言いたいこと、言わなければいけないことがある気がするのに、僕の頭は上手く機能しない。それでも、これは僕が始めたことだ。だから、整理のつかない頭でぽつりぽつりと話し始める。

「僕、ここに来るまでに色々と君のことを考えていたんだ。何も知らない僕は、ずっと勘違いしたまま君のことを見ていた。生まれながらに明るくて、元気で、そうやって生きてきたんだって。前向きな心で、周りの人間にまで笑顔を伝染させていくような人だって。でも僕は知った。それはただの一面に過ぎなくて、本当はもっと悩みと絶望を抱えて、奪われて、僕なんかよりずっと苦しい思いをしてきたんだって」

口の中が渇いて仕方ない。擦れた声は変に抑揚がついてしまう。

僕は何も知らなかった、繰り返し思う。どうしようもない無力感に苛《さいな》まれ、自然と握った拳《こぶし》に力が入る。

「僕が言うのもなんだけどさ、日高さんはちゃんと笑えてる？」

笑うことについて、僕が人に物申すなんて馬鹿《ばか》げている。自分でもそう思った。ただ、笑えない僕だからこそ、それに気がつけたのかもしれない。魅力的な日高さんの笑顔の内訳がずっと気になっていた。

「私のこと、ちゃんと見てくれていたんだね。君は優しいね」

「いや、優しくなんてないさ。ただ、たまたま気がつくことができただけだから」

「ううん、藤枝君は私と向き合ってくれていた。駄目なのは私。私はそんなに君に、ずっと隠し事をしていたの。嘘をついて、皆を騙《だま》して」

ごめんね、とまた小さく呟く。どうして日高さんは僕に謝るのだろう。確かに彼女は何も言わずにいなくなろうとした。だけど、僕自身は日高さんから直接何かをされたわけでもない。むしろ彼女のおかげで、僕は前に進めたのだ。

日高さんは唐突に、そして静かに語り始める。

「初めにおかしいなと感じたのは、お母さんが亡くなった時だったんだ。私、上手く泣けなかったの。心の中では寂しくて悲しくてどうしようもなく不安だったんだけど、それの吐き出し方がわからなかった。上手く言えないけど、感情の出し方が迷子になったというか、わからなくなったの。ショックと辛さで、一時的に混乱してるんだと思ってた。でも、違ったの。ずっとそのままなんだ……今もね」

「ヴァイオリンも、そのせいなのか？」

音楽や美術、そういった芸術の類はよく自己表現と言われるけど、感情表現が上手くできないから弾けなくなったのかもしれない。そう考えると辻褄は合うだろう。

「どうなんだろうね。でも、弾けなくなったのはその時からだよ。感情の出し方がわからなくて、嬉《うれ》しいことも悲しいことも、悶々《もんもん》と自分の内側で渦巻くようになって。それでも私は弾こうとした。弾くしかなかったの、私にはそれしかなかったから。だけど、どうしても上手くいかなくて、徐々に絶望に蝕《むしば》まれていった。弾けない自分に価値なんてないんだって、わかってたから。弾けなくなったことで、色々言われちゃったしね」

彼女は以前、優秀なヴァイオリニストだったという。当然、優秀な成績を残しているとなれば周囲はそれを前提に彼女を評価するだろう。どんなことを言われたのか、大方の予想はついた。日高さんは容赦ない他人からの評価と自分への失望の間で、圧し潰されそうになったのだろう。

それに、音楽は両親やみずきとの幸せを象徴するものであり、彼女の未来だったはずだ。日高さんはそれを奪われてしまったのだ。

「どうして、茶屋さんに相談しなかったんだ……？」

「言えないよ、そんなこと。私が弾けなくなったことを言うと、みずきは絶対悲しむし、私に合わせてくれようとするから。それに、みずきとはこの神社で音楽をする者としてお互いに励もうって約束をしたの。相談なんてしたら、あの子の足を引っ張るだけだよ」

「だから君は、親友すら避けて一人で抱えてたのか。……茶屋さんに言えなくても、僕じゃ駄目だったのか？」

「駄目だよ。藤枝君が悪いんじゃなくて、言い出せない状況を作ったのは私だから」

「言い出せない状況？」

「初めて出会った時のこと、覚えてる？　君、ものすごくつまらなさそうな顔をしてたんだよ。色んなことがどうでもよくて、一人の壁をつくっているように見えたの。ああ、この人もなんだろうなって、私は思った。だからかな、思わず話しかけちゃったの。君みたいな人の話を聞けば、あわよくば何かに繋がるかもって思ったの。本当に思いつきだったから、結構必死だったんだよ。でも驚いたな、偶然話しかけた人が笑えなくなっちゃった人だったんだもん」

静かで、愁いを含んだ声で日高さんは言う。どこか遠くに思いを馳《は》せるような、そんな表情だった。僕は何も言わず、彼女の言葉に耳を傾ける。

「本当はね、君を笑わせようと言い出したのは、単なる自己満足だったんだ。自分が弱い人間だっていうことを隠して、さも君にとっての救世主かのように演じていた。笑顔と嘘で塗り固められた私を、君に押し付けていたの。君を通して、自分が楽になろうとしてたんだ。弱い自分を正当化しようとしてね。そんな人相手に、言えないよ」

また、この笑顔だ。困った顔で眉をひそめて笑う、とても悲しい笑顔。

僕は彼女のこんな顔が見たいんじゃない。だけどこれも日高さんなんだから、僕は決して目を逸らさない。

「じゃあ、僕は君の自分勝手に付き合わされただけだったんだ」

日高さんは小さく頷《うなず》いた。僕の言ったことを噛みしめるように、彼女は答える。

「ね、酷いでしょ私。どうしようもないよね。勝手に始めたことを、また自分勝手に終わらせようとしているんだから。私、気づいちゃったんだ。花火大会のあの日、藤枝君は私が思っていた以上に強い人だって。いや、本当はもっと前から気づいていたのかもね。藤枝君、君はもう大丈夫だよ」

その言葉に、僕の心はざわめく。日高さんは抜け出せないでいるんだ。環境が、運命が、彼女をそうさせた。でも、それを抜け出すには日高さん自身がどうにかするしかない。

「大丈夫ってなんだよ」

「……隠してたこと、ずっと言わなきゃって思ってた。だけど、君と過ごすうちにこのまま知られないままでいたいなって思っちゃったの。私、君と過ごす時間が居心地良かったんだ。初めは笑えない君をどうにかするのが目的だった。でも、気がついたら君自身を見るようになってたの。少しずつ変わっていく君を見て、藤枝蒼《あお》君そのものを意識するようになった。それを実感した時から、私は私を許せなくなった。だから私は、君ともう会っちゃ駄目なんだよ」

最後の言葉はゆっくりと囁《ささや》くように彼女の口からこぼれた。

自分の罪を告白し、彼女はそれを償うために僕たちの関係を終わらせようとしている。果たして、それが本当に償いになるのか。僕は償いを求めているのか？

日高さんは知りたいと願う僕に、自分のことを話してくれた。過去のことや、ついていた嘘、隠し事、自分がどうするべきなのか。僕は彼女のことを知った。

知った上で、やっぱり思う。

僕はまだ、日高さんから彼女の望みを、本心から求めているものを聞いていない。

「嫌だね」

僕はそう言い切る。あまりに端的な否定の言葉に、日高さんは驚き動揺し、口を噤《つぐ》む。いつまでも、自分の心を隠す嘘を聞いていたくないし、日高さんにそれは似合わないと思う。

取り繕った虚勢を、僕は是としない。そういう気持ちに陥るのはよくわかる。諦める振りをして、自分から離れて、本当の気持ちから逃げる。そうじゃないとまた傷ついてしまうから。

僕もずっとそうだったからわかる。

日高さんのついた一番大きな嘘は、彼女自身に向けられたものだ。

日は少しずつ傾いていき、山中は薄っすらとその陰りを増していく。遠くの方で鳴く鳥の鳴き声は夕暮れを感じさせた。皆、それぞれが自分の居場所に帰り始める時間だ。

僕は思い返していた。僕が綺麗だと思ったのは、日高さんが何気なく見せる飾らない表情だ。それが別に笑顔じゃなくても、素のままが綺麗だと思えた。それは失われてはいけないものだ。

ずっと思っていた。

僕を救ってくれた日高さんに、何を返せるのか。

僕を救ってくれた彼女は、きっと助けを求めている。

だとすれば、僕が望む結末は決まっている。

今度は僕が、日高さんを救いたい。

大きく息を吸って、腹を据えて言う。僕は僕の正しいと思えることを伝えたかった。

「確かに君はいろんなことを隠していた。僕と話していた動機だって、騙すようなものだったかもしれない。だけど、それでも僕はそれに救われてしまったんだよ。間違いなく、決定的に、僕の人生は君と出会って大きく変わってしまった。それだけは絶対的な事実なんだよ。日高さんが自分のことを話してくれたから、僕たちの間に隠し事はない。ただ、君はまだ君自身に嘘をついている。君は本当に、諦めたまま終わらせたいのか？」

僕はそんなの嫌だ。

日高さんが何を言ったって、少なくとも彼女の本心を見ない限りは首を縦に振ることはできない。今まで日高さんと過ごした記憶は色鮮やかに、鮮明に残っている。僕の記憶に彼女が入り込むだけで、自分自身を騙して見ていた景色に鮮やかな色が落とされる。それほどに、彼女と過ごす時間は僕にとって代えの利かないものだった。

「日高さんは、この数か月のことをどう思っているんだ。何もかもを捨てようとするのなら、どうして始めたんだよ。君は図書館で一人静かに、世の中を諦めた振りして過ごす僕を変えたんだ。僕たちは出会って、そして君は色んな景色を僕に見せてくれた。その全てが偽りだったのか？　いや、違うね」

僕の言葉に、青白かった彼女の顔が少し赤みを取り戻す。「でも」とたじろぐ彼女に、僕は間を空けることなく追撃する。

「どうしようもないことから目を背《そむ》けてしまう気持ちはわかる、僕もそうだったから。人はそう簡単に変わらない。でもな、他人の心を簡単に動かしちゃうような人間ってのはいるんだよ」

僕は鞄《かばん》に手を突っ込んで、その中から封筒を取り出す。それを日高さんに手渡すと、彼女は困惑した顔で封筒を見つめた。頷いて開封するよう促すと、彼女はゆっくりと封を開けて中身を取り出す。

「これって」

日高さんは紙の束をぺらぺらと捲り、僕の顔を見た。

「書いたんだよ、僕が」

ずっと、頭の片隅で考えていたことだった。片隅に置いたまま、自分には無理だと触れてこなかったはずのもの。

それが今、彼女の手の中にある。

理想の場所だったあの空想の町は、小説の舞台として現れていた。

「稚拙で人に見せられるようなものではないかもしれないけど、それでも僕は書いたんだ。ずっと、やりたいことや夢中になれるものを探していた。小説を書くことを僕が勝手に見つけたんじゃない、君がそうさせたんだ。こんなことになるなんて僕も思っていなかった。君が自身に向けた自戒の言葉だったとしても、それに当てられたんだ。君が自分勝手にするなら、僕も言わせてもらう。いなくなるにしても、僕を変えた責任くらい取ってからにしてくれよ」

僕はもう、空想の町に行ってしまいたいと思わない。僕が本当にいたいのは、日高さんの隣だ。僕は日高さんと関《かか》わっていたかった。彼女の存在に自分が救いを見出せるからというのもあったが、今はそれと同じくらい、僕も日高さんの為に支えてあげられる存在になりたいと思っている。もしも、日高さんも同じように僕にちょっとでも救いを見出してくれたなら。

これは、捻《ひね》くれた僕の誓いだ。

彼女と関わっていられる限り、前に踏み出そうとする一歩を支えきる。彼女が投げ出しそうになって、立ち上がることすら困難になっても、彼女が進むことを望むのなら僕は全力でそれを手助けする。

恩人だから、とかそういうのは抜きにして、僕は心からそう思っていた。義理人情でも、しがらみでもない、僕自身の中から沸き立つ本物の気持ちだ。

それくらい、僕は日高さんのことが。

「そんなの、ただ私のことを気遣ってるだけじゃない。これ以上一緒にいても、迷惑になるって言ってるんだよ」

日高さんは僕の書いた小説の原稿を胸に抱き、絞り出すようにして言った。その声はか細く震え、縋《すが》るようでもあった。ここまで来ては引き下がれないという思いがあるのだろうけど、それは僕も同じだ。

「気遣うとか迷惑だとか関係ないんだよ。僕がそうしたいって言ってるんだ」

「どうして？　君はもう大丈夫だと思うってさっきも言ったでしょ。それなのに私がいる意味なんてないよ」

「ああ、もう」

僕は片手で頭を掻《か》く。直接言葉にするのは恥ずかしいけど、そうでもしないと日高さんは折れなさそうだ。僕は少し俯《うつむ》いて、日高さんと視線を外して言う。

「僕も君といる時間が好きだったんだよ。だから、もし僕たちの関係が終わってしまうんだとしたら僕はそれを止める。当然だろ、終わってほしくないんだから。それに……」

「それに？」

「……僕は君が困ったり悩んだりしているなら、救いたいんだ。そりゃ、救えるとは限らないけど。それでも僕はそうしたい。これは君に救われた恩があるからとかではなくて、力になりたいんだ」

僕がぼそぼそと言うのを日高さんは黙って聞いていた。体温が上がるのがわかる、こんな小恥ずかしいことを言って、僕は一体何をしているんだろうか。自然、一連の流れを思い出して僕の身体は小さく震えた。

「……ずるいよ。そういうとこ」

「何？」

「なんでもない。……藤枝君は、どうしてそんなに私に優しくしてくれるの？」

ちらと日高さんの顔を覗き見ると、彼女の耳が少しだけ赤く染まっているのが見えた。

どうして、か。その答えはきっともう僕の中にあるんだろうけど、それはまだ言葉にしなくてもいいものだ。

「それは……秘密だよ」

「なにそれ」

僕が言った後、少し間を空けて日高さんは言った。柔らかくて心地良い声だった。その声に僕は胸の辺りが苦しくなって息をはき出す。小さく鼻をすするような音が聞こえて、僕たちは目を合わせた。僕たちの間に、もう緊張はなかった。

「泣きそうなのか？」

僕が言うと、日高さんは眼元を手で拭い、しっかりとした声で言った。

「さあ、どうだろうね」

日高さんは笑う。それはきっと、僕が初めて見る一切の陰りのない笑顔だった。


「ねえ、見せたいものがあるんだ」

日高さんの提案で、僕たちは神社を抜けてさらに山を登る。流石地元の民というか、この山の通り道をよく知っているようだ。道があるとは思えない茂みから急に山道が現れたりする。

「何があるんだ？」

「内緒」

いつものやり取りに、少し心安らぐ。また秘密か、と思いつつ僕は何度も踏襲したやり取りをどこか喜んでいた。

空は夕焼けに染まっており、辺りも薄暗くなる予兆を見せ始めていた。

思えば長い一日だった。そう思った瞬間に疲れがどっと押し寄せてきたが、僕は踏ん張って日高さんについて行く。

彼女の後をついて木々で遮られた先を抜けると、幕が開かれた舞台のように景色を遮るものがない場所に出た。

複雑な色味が重なり合った空は眼下に広がる日高さんの住んでいた町を染め上げている。ここから辺りが一望できて、まるでこの町の時間を切り取ったかのような景色が広がっていた。田んぼに張られた水面が空の色を反射してきらきらと輝く。

「綺麗だな」

上手く言葉にはできないけど、僕はこの景色に魅入っていた。自然と人間の営みが僕の視界に収まって、一つの大きな生き物を見ているような気分だった。

「そうでしょ。都会の夜景も綺麗って言うけどさ、私はこの景色の方が好きなんだ。地元贔屓《びいき》っていうのもあるかもしれないけどね」

そう言って微笑《ほほえ》む日高さんの顔は夕日に照らされて、初めて図書館で見た時同様に綺麗だった。憑《つ》き物《もの》が落ちたような顔は、その時以上かもしれない。もしかしたら、あの時から僕は日高さんに魅《ひ》かれていたのかも。そう考えると途端に彼女の顔を見るのが恥ずかしくなってくる。

僕は視線を景色の方へ戻して、考えていたことをかき消そうと一人奮闘した。

日高さんは一人どぎまぎしている僕を気にすることなく、言う。

「私も前に進めるのかな？」

「さあ、どうだろうな」

「そこは嘘でも後押ししてよ。藤枝君、助けてくれるんでしょ？」

日高さんは笑う。

嘘はもうこりごりだ。それに、進めようが進めまいが、僕は隣にいる。僕が彼女を支えることを諦めないのならば、きっと彼女も諦めはしないだろう。日高さんが本来負けず嫌いであることを、僕は知っている。

「ヴァイオリン、どうするんだ。捨てるのか？」

「意地悪言わないでよ」

むっとした表情の後、日高さんはまた笑う。

やっぱり彼女は笑っているのが似合っている。こうしてまた日高さんと話して、彼女が笑ってくれるのが、僕は本当に嬉しかった。

「別に、無理はしなくていいと思うけど」

焦ったところで、解決しない問題もある。僕が唯一人に語れる教訓があるとしたら、それだ。

僕の言葉に日高さんはふるふると首を横に振って答えた。

「もう一度、向き合ってみる」

「無理に弾こうと思わなくていいんだ。誰かの期待とか、責任とかほっぽりだしてさ。それでも弾きたいと思えるなら、弾けばいい。気が向いた時でいいんだよ、そういうのは。まあ、僕はその間も前に進むつもりだけど」

僕は皮肉を言う。本来の僕はこっちだ。さっきまでみたいな、本音とか感情を表に出すのはキャラじゃないんだよ。それだけなりふり構っていられなかったということだけど。

「追いついてみせるよ。諦めないのが私、なんでしょ？」

すぐさま日高さんも応戦の姿勢を見せてくる。そうこなくては。

「それに、そうじゃないとみずきに合わせる顔がないままだから」

「ああ、そうだな。心配してたよ、茶屋さん」

「どういう結果になっても、私はみずきにちゃんと伝えるよ」

少しだけ寂しそうに、日高さんは言った。

彼女にはまだ、これからぶつからなくてはいけない壁がたくさんあった。僕も少しでも力になれたらな、とは思う。

「尻込《しりご》みしてたら、また問い詰めに行くから」

「うん。でも、もうそうならないようにするよ。藤枝君は、静かに見守ってて」

そう言って日高さんは笑った。

日高さんのこれからは、日高さん自身が決めることだ。だけど、僕はもう彼女は大丈夫だと思う。例によって、根拠のない自信ではあるけど。

「やっぱり君は笑ってる方が良い。それに、笑える人間は気の向くままに笑ってればいいんだ。いつ僕みたいに笑えなくなるかわからないんだからな。思う存分笑うといい」

「言われなくても、そうするよ。……私、やっぱり好きだよ、君のそういうとこ」

「なんだよ、急に」

「ふふ、なんでも。藤枝君も泣きたいときがあれば思う存分泣いていいんだよ」

「何で泣かないといけないんだよ」

冗談めかして日高さんは言う。

言われなくても、僕だってまだ諦めていないのだ。

大きく伸びをした日高さんは唐突に、「わー！」と大声を出し始めた。開けた自然に彼女の声が響く。

唐突なその行動に驚いて、僕は思わずびくっとしてしまった。一体何事だ、と彼女の顔を見ると、日高さんもこちらを向いて目が合う。

「私、あお君を笑わせるの諦めてないから」

その声と僕を見る目には確かな力強さを感じて、僕は安堵した。

ああ、僕の知っている日高さんだ。

今まで僕の前で見せていた虚勢は、演じていたとはいえ、彼女の本来の姿だったんだろう。ある意味、僕は初めから日高さんの日高さんらしい部分に触れていた、ということだ。とはいえ、虚勢を張ることもなく、飾ることもない今の日高さんが一番素敵であることには間違いがない。

温かい感情が胸の辺りで膨れ上がっていく。むず痒《がゆ》さと溢れ出しそうになる気持ちをどうにか心に留めて、僕は答えた。

「あお君って呼ぶなよ」

6 願い

夏休みが明けて、それぞれの学校生活が再開した。

太陽の強かった日差しもましになってきて、世界は段々と過ごしやすい季節を迎えようとしている。

僕と日高《ひだか》さんは夏休みが明けても、変わらず放課後には図書館に訪れてお互いに顔を合わせていた。あの日から僕たちの間に大きな変化があったわけではない。ただ少しだけ、お互いの距離が縮まったのを感じていた。

日高さんはちゃんと学校に行くようになったみたいで、少しずつだけどクラスの人と話すようになったと言っていた。彼女のことだから、すぐにでも打ち解けられるだろう。

僕は図書館で、読書に加えて小説を書くようになった。

未《いま》だにこの挑戦は続いている。

というか、今のところやめる予定はない。思えば本が好きだから小説を書き始めるなんて、安直な発想だ。本への関《かか》わり方なら多くの選択肢が存在しているだろうに、僕は何で執筆することを思い立ったのだろう。

まあ、書いているうちに楽しくなって没頭していくなんてことはよくある話で。思いつきとはいえ折角《せっかく》挑戦するのなら、何かしらの形にできたら良いとは思っている。

あの時日高さんに渡した小説は、結局彼女に読んでもらった。

ただ僕は前に進んだんだぞ、という証しとして日高さんに見せただけのつもりだったんだけど、彼女はそれを読みたいと言って聞かなかった。

人に読んでもらうことも大事な経験だろう、と自分に言い聞かせて、僕は渋々原稿を彼女に渡した。日高さんは日高さんなりに勉強やら何やらに忙しいようで、数日かけてそれを読んでくれた。ありがたい話だ。

「どうだった?」

「ちゃんと物語として形になってると思う、すごいよ藤枝《ふじえだ》君」

「そうか」

「面白《おもしろ》かったかと言われたらあれかもしれないけど……」

「そうか……」

心優しい日高さんは文章表現や構成を褒めてくれた。けど、あれっていう言葉に全《すべ》てが集約されててちょっとへこんだ。まあいい。いつか本当に面白いものが書けた時に、それを読んでもらってぎゃふんと言わせればいいだけの話だ。僕は秘《ひそ》かな野望を胸に忍ばせる。

感想に加えて、彼女にはいくつもの指摘を頂いた。

僕と違って偏差値の高い学校に通っている彼女は、やはり文章についての基本というか日本語を知っているというか。ここの漢字は違うだとか、この言い回しは誤用だとか、結構細かい所まで指摘されて、最後の方は何だか責め立てられているような気分になっていた。

それでも、やはり人に読んでもらえるというのは嬉《うれ》しくて、書いて良かったと思えた。その気持ちを知って、挑戦することに正しいも正しくないもないんだな、と思った。それからは純粋に楽しんで、執筆にのめり込むことができるようになった。

執筆にのめり込むことはいくつかの好転を僕にもたらした。

一つは、どこであろうが執筆をしていると頭の中はそれでいっぱいになって、居場所がどうだなどを気にすることが減ったという点だ。

特に自宅という本来居心地良くあるべき場所が、全く反対の場所として機能していた僕にとって、その変化は大きかった。何もせず不満を悶々《もんもん》と抱いて自室に籠《こ》もっているよりもはるかに息がしやすかった。

自宅同様、学校も僕にとって息の詰まる場所だったけど、流石《さすが》の僕も学校では執筆を控えている。誰《だれ》かの目に留まってからかわれても面倒だし、何より知られたら厄介な奴《やつ》が一人いるのだ。知られることが面倒だというか、知られた後の絡《から》みが面倒くさい。多分、絶対、きっと。

そんなふうに日常に少し変化が表れた僕だったが、周りが僕を見る目は特段変わることはなかった。変わらないも何も、そもそも誰も僕のことを気に留めていないのだから当然なんだけど。

というか、どう思われようが別にいいのだ。大衆に自分の変化を認めてもらいたいわけでもないし、それは僕を見ていてくれる人がわかってくれれば良い。

それに、今更学校生活を心地良く過ごすつもりもない。僕にはもう、他の居場所があるのだから。

ある日、僕が廊下を歩いていると高瀬《たかせ》に絡まれた。以前よりも日に焼けた肌が、夏休みの間、部活動に懸命に参加していたことを物語っている。もしくは夏に浮かれていたか、だ。

「よう、藤枝。最近日高さんとはどうなんだよ」

高瀬はまた馴《な》れ馴《な》れしく僕の肩をぽんぽんと叩《たた》く。

こいつ、会う度に日高さんのことばかり訊《き》いてくるな。まだ諦《あきら》めてないのか？

「それなりだと思うけど」

僕がそれだけ言うと、高瀬は途端に真顔になって黙り込む。その眼は少し見開かれて、おかしなものでも見るように僕の顔を注視していた。睨《にら》み返すように眉間にしわを寄せ、僕は言う。

「何を見てるんだよ」

「いや、藤枝なんか変わったなあと思って」

高瀬はぼそっとそう言った。

「さあ、どうだろうな」

こいつ、案外人のことちゃんと見ているのかもな、と僕は内心思う。もしくは野生の勘が冴《さ》えているか。それに気がついたのは、僕も同じように、他人に目を向けることを覚えたからなのかもしれない。

だからこそ、思い返すほどに高瀬の良いところが見えてきて、認識を改めないといけないのかもしれないと思えてきた。

とはいえ、それを素直に認めるのも癪《しゃく》だ。

「何も変わってないさ、僕は僕だから」

そうとだけ伝え、ぼうっと立ったままの高瀬を置いて、僕はその場を去る。

変わった変わったというが、僕は本当に変わったのだろうか。

自分でもそう思う時はあるし、でも本質的な部分は変わっていないとも思う。笑えなくなってからの自分を仮に本当の自分ではないとしても、すでにそれは染みついてしまっているし、だとすれば本当の自分とは何なのかという疑問も湧《わ》いてくる。

心情に変化が起きたのも、変わったのか、変わってしまったのか、変わらざるを得なかったのか、変えられたのか、正確なことはよくわかっていない。多分、全部がちょっとずつ混ざって今の僕になったのだ。

ただ、少し心に余裕が出てきたのは確かだった。

笑えないことで諦観して、無理に諦めをつけてしまおう、という考えは引っ込んだ。まあ、まだ顔を覗《のぞ》かせることはあるんだけど。日高さんの前でそれが出てこようものならすぐに指摘される。

日高さんとはお互いに、できる限り前向きにいようと約束を交わしたのだ。

単にポジティブにいようという意味ではなくて、自分の感情と向き合うことが大切なんじゃないか、と僕たちの中で結論が出た。

そうすることでそれぞれの欠けた部分を取り戻せるかもしれないという可能性に賭《か》けて。

高瀬と別れた後、目的としていた場所へ向かう。引き続き廊下を進み、突き当たりの階段を上ってそのまま直進すると、そこには職員室がある。こんこん、と軽くノックして扉を開き、学年と名前、用件を伝えてから中に入る。そして担任の座っている席まで行き、僕は声をかけた。

「すみません、遅くなりました」

僕は持っていた一枚の紙きれを担任の机へと置く。

僕がその紙を提出したことに驚いたのか、担任は作業の手を止めて、机に置かれた紙を手に取る。

「ようやく出すつもりになってくれたのか、藤枝。先生、ずっと心配してたんだぞ」

「とりあえず、ですが。一応、考えて書きました」

「考えて書くもんだよ、進路希望調査票っていうのは。まあいいさ、また確認しておくから面談の時にでも話を聞かせてくれ」

未提出の常習犯は要提出の書類を持っていくだけで喜ばれるのだ。

一応今回も遅れての提出にはなっているのだけど、その点を咎《とが》められることもなければ、触れられることもない。あんまり甘やかされると、勘違いしたまま大人になってしまいそうだ。期待されていない人間はちょっと頑張っただけで期待以上の評価を貰《もら》えてしまう。

今回、僕は初めてまともに進路希望調査に記入した。

大学の資料やホームページを見て、世の中にどういった学部が存在しているのかを調べるところから始めて、その学部の特徴やらカリキュラムやらを軽くではあるけど目を通していった。

進学といっても、まだ可能性の段階だ。高校を出てすぐに就職するという選択肢だって、ないことはない。

ただ、僕は折角やりたいことが見つかったのだから、それについて学べる機会があるのなら行っておいて損はないと思っただけで。実際、文章やら物語の構成やらを学ぶということには興味があった。

しかし、結局は自分が前に進むために努力できるかどうか次第なのだ。

環境というのも要因の一つではあるだろうけど、自分の意思が大きく左右することには間違いない。

どこへ行こうが何をしようが、自分の力次第で決まっていく。

社会に出るっていうのはそういうことなのだろう、と高校生の若造が偉そうに考えてみる。

一つ思うのは、自身が前に進むために有益な環境に身を置く機会があるのなら、あまり尻込《しりご》みしない方がいい、ということだ。

経済的な問題や、親の反対、自身の能力不足など、学びたい環境に行きたくても行けないケースというのは多々ある。そんな中で、そういった制限を特に気にしなくていいのであれば、わざわざ自分から可能性の芽を潰《つぶ》す必要はない。

なんて、今まで何もしてこなかった人間が言ったところで、説得力なんて皆無なんだけど。

僕の頭に、ふと両親のことがよぎる。

彼らは恐らく、僕の進路に否定も肯定もしない。というか、興味も示さない可能性だってある。実際、そういう話を聞かれたこともない。

どこへ行こうと子どもの勝手で、そこで過ごすための資金は出す、というのが彼らのスタイルなのだ。

ある意味、僕としては好都合とも言える。

僕は今の家庭において家族の形というものを、諦めている。これは多分、もう変わることはない。日高さんとの出会いを経て色々と考えを改める機会はあったが、ここに関しては依然として諦めの姿勢を貫いていた。

だからと言って、最低限の感謝くらいはしている。一応、生きていく中でそこまでの不自由を感じることはなかったし、今もこうして学費やら生活費やらを文句の一つも言わずに払ってもらっている。文句の一つというか、日常会話の一つも滅多《めった》にないんだけど。

流石に高校二年生にもなれば、子どもを食わせていくことの苦労くらい想像することができる。僕の家庭も、一部が大きく欠けているだけなのだ。

事情は色々あるけど、僕はできるだけ早く自立したかった。

そうすればもう、親も僕も気を使う必要がない。むしろあえて距離を置くことで多少なりとも関係性が好転するかもしれない。もちろん、それを特別願っているわけでもない。悪いよりは良い方を望むのはごく自然なことだ。

親との関係も、高校での人間関係も、僕は現状どうにかしようとは思っていない。

今僕がするべきは、そこにはないと思うから。

本当にそれを僕が求めた時は、どうにかしようと苦労することになるだろうけど、今の僕には他に居場所とやりたいことがある。

この前まで持たざる人間だったとは思えないほど、贅沢《ぜいたく》な思いをしているな、僕は。


「藤枝君お願いがあるの」

「唐突だな。……内容によるよ、そのお願いを聞くかどうかは」

僕たちはいつも通り図書館にいた。今日の日高さんはなんだか何かしらの覚悟を決めたような表情をしていたから気になっていたんだけど、どうやらそのお願いに関係があるらしい。

日曜の昼過ぎ、気持ちの良い日光が窓から差し込んできて僕たちを照らしている。少し眠たくもなっていたが、まぶたを擦《こす》って、お願いの内容に耳を傾ける。

「私ね、みずきに伝えることがあるって言ったでしょ。それで、ちょっとその手伝いをしてほしいの」

みずき、ああ、あの子か。そういえばあれ以降、僕は彼女とは顔を合わせていない。まあ、知人の知人という関係性なのだから、用もないのに顔を合わせないのは当然だ。

「その話な。というか、まだ伝えてなかったのか？　あれから少し経《た》つけど、てっきりすでに話はついてるものだと思ってた」

「私もそのつもりだったんだけど、その前にやっておきたいことがあって」

「やっておきたいこと？」

「うん、やっておきたいこと」

そう言って日高さんは身振り手振りでやっておきたいことを表現した。顎と肩で挟み、左手で支えて、右手はその上を前後にスライドする。

「いや、やっておきたいって言っても、君はまだ弾《ひ》けないじゃないか、ヴァイオリン」

いつもの日高さんに戻ったからと言って、弾けるようになったなんて話は聞いていないし、すぐに上手《うま》くいくようなものではないだろう。

「そうだよ、私はまだ弾けない。鳴らせてもメロディーとは言えないような酷《ひど》い音しか出ない。相変わらずね」

「やっておきたいことってもしかして」

「そうだよ、弾けるようになりたいってこと」

目の奥に火を灯《とも》して、彼女はこくりと頷《うなず》いた。その目から強い決意を感じはしたものの、じゃあ頑張ればいいよ、とは言えない。

「前も言ったけど、僕は無理しなくていいと思うよ。無理して今より悪化したら、元も子もないだろ。急いだって仕方ないんだから、少しずつでいいんだよ」

諭すように僕は言う。日高さんに無理をさせないためというのもあるけど、単純にあんな苦しそうな顔を僕が見たくなかったのもある。

時間をかけて、彼女なりの落としどころを見つければいいのに。

「多少の無理くらいするよ。だって、そんなのじゃ償いきれないくらい酷いことをしたんだから。それに、ただ自分に無理させたいんじゃなくて、みずきに見てもらいたいんだ。ありのままの今を、私がこれからやっていかないといけないことを。そんな償いの方法しか思い浮かばないんだから、情けないんだけどね」

「そんなことしなくたって、茶屋《ちゃや》さんはちゃんと話を聞いてくれると思うんだけど」

「そういうことじゃないの。私、思ったんだ。やっぱりもう一度音楽がやりたいって、ヴァイオリンが弾けるようになりたいって。前みたいにみずきと演奏して、ヴァイオリンを弾くことで両親との思い出に触れたくて。私はまた音楽をするんだって、みずきに見てもらいたいの」

日高さんは胸に手を当てて言う。シャツの胸元《むなもと》をぎゅっと握り込むと、僕に決意の眼差《まなざ》しを向けた。それだけで、彼女がどれほど本気で言っているのかが伝わる。

そうか、日高さんの頭の中では自分のことよりみずきのことを優先させているんだ。だから彼女は自らに無理難題を突き付けた。それが少しでも、償いになるのなら、と。

僕は日高さんの挑戦を止めようとは思わなかった。だけど一つだけ、確認しておかなければいけないことがある。

「茶屋さん的にはさ、急に自分から離れていった友人がまたもや唐突に現れて、もう一度音楽をすることを宣言されるわけだろ。むしろ逆効果になる可能性もあると思うけど、いいのか？」

「それでいいの。自分が都合のいいことを言ってるのはわかってるから。それで私が望むようにならなかったって受け入れるよ。自業自得だもん」

わかっているならいい。それなら、僕も前向きに手伝おうと思える。

どう転んでも日高さんが選んだことだもんな。そうは思うものの、内心では日高さんとみずきの関係が上手くいくことを願っていた。

受け入れるとは言っているものの、もし彼女らの関係がここで破綻してしまうとしたら、日高さんはきっと心に抜けない棘《とげ》が刺さったままになる。すでに疎遠にはなっているけど、改めてその関係性が明白になってしまえば、毒のようにじわじわと彼女を蝕《むしば》むはずだ。

僕は目を閉じて、深く呼吸をした。それから窓の方へ目を向ける。明るい日の光が差し込む窓際のカウンター席には、中学生らしきカップルが寄り添うようにして一冊の本を読んでいた。

彼らも、日高さんとみずきも、それから僕らも、いつまでその関係が続くかなんてわからない。関係が続くことを望むのであれば、自分から手を伸ばすしかない。お互いが手を伸ばし合って、初めて繫《つな》がっていられるのだ。

だから、日高さんは無理してでも手繰り寄せる。

理不尽によって引き裂かれることの辛さを、彼女はよくわかっているはずだ。

「わかった、協力するよ」

「うん、ありがとう藤枝君」

日高さんはこくりと頷く。

穏やかに笑う彼女だったけど、僕の中には不安が残っていた。

「それで、僕は何を手伝えばいいんだ？」

「藤枝君は見ていてくれたらいいの」

「見ているって、君がヴァイオリンを弾こうとするのを見るだけってこと？」

「そう」

平然とした顔で日高さんは答えるけど、僕は首を傾《かし》げる。

「それの何が手伝うことになるんだ？」

「なるよ！」

食い気味に日高さんは言った。少し大きな声に、周りの人がこっちを振り向く。

僕たちは人差し指を口元で立てて息を潜めた。

「なるのはわかったけど、実際僕は何もしないわけじゃないか」

「見てくれるだけでいいの。それだけで十分だから。何だか藤枝君が傍《そば》にいてくれると、頑張れる気がするんだよね」

「……ああ、そう」

ふんと鼻を鳴らして僕は手元のノートに視線を落とす。意味もなくペンをくるくる回してみるが、失敗して手元から落ちて机の上を跳ねた。

頑張れる気がする、か。

嬉しさと恥ずかしさが、身体の奥の方からじわじわと滲《にじ》んできた。

それを誤魔化《ごまか》すようにして、僕は言う。

「上手くいくといいな」

「できるかぎり、やってみるよ」

日高さんは笑って言った。

彼女は確実に、前に進むための一歩を踏み出していた。


話をした翌日から、日高さんの挑戦は始まった。

場所はいつもと違って、図書館ではない。そこから少し歩いたところを流れる、この辺りで一番大きな川の河川敷に僕たちはいた。

散歩道としての利用者も多く、河川敷には老夫婦や犬の散歩をしている人、学校帰りのカップルなど、様々な人が見受けられた。控えめな光が川の水面に反射して、景色を静かに輝かせている。至ってのどかな日暮れ前だ。

放課後、僕たちは約束通りここで集合した。

「それじゃあ、頑張ろうと思います」

集まり次第、早々に彼女はそう意気込んだ。僕は小さな木のベンチに座って、その様子を見守る。

彼女は弾けるようになりたい、と言った。

正直、現実味はない。努力でどうこうできる問題ではないということは、過去の彼女が立証しているし、その上彼女は一週間を期限にすると決めた。それを期限に、みずきに伝えるらしい。

日高さんの挑戦は、素直に応援できる。ただ、言ってしまえば日高さんがしようとしていることは自己満足に過ぎない。少し弾けるようになったとして、昔の彼女を知る人間はどうしても落差を感じてしまうだろう。多少ましになったとしても、以前のように弾けないことには変わりないのだ。

それでもやろうとするのは、それが誰かの為でもあるから。

同情を誘うための打算でもなんでもなく、素でそう思えるのが日高さんのすごいところだ。

そして、僕はそれを陰ながら支える。見ることが僕の役目らしいけど、実際それで力になれるのかはわからない。わからないけれど、見守ることしかできないんだからそれを一生懸命するしかなかった。僕は彼女の努力の証人になろう。

「何回も言うけど、無理はするなよ」

「無理しない程度に無理するよ」

そう言いながら日高さんはヴァイオリンをケースから取り出す。神社で見た時と同じケースとヴァイオリンだ。ベンチに座る僕の隣にケースを置くと、ヴァイオリンを持って僕と向かい合うように立つ。

ちょっとした発表会みたいな構図だ。

もしかしたら、という期待も少しあったけど、僕の気持ちを占める大半は心配だった。

「やってみるね」

それからあの時と同じように構える。

自然で優美にも感じる立ち姿は、演奏の美しさも想起させるものがあった。でも、現実というのは残酷だ。

彼女の姿を、僕は見つめていた。

僕は静かに手を合わせて、成功を祈る。目線は日高さんに向けたまま離さない。

じっと、構えたままの姿で日高さんは動かない。目を瞑《つぶ》り、静かに深く呼吸をして息を整える。まるで彼女自身が芸術作品であるかのように、その場の空間が彩られる。時間が止まり、あたりがしんと静かになる感じがした。僕は彼女の立ち姿に魅入られてしまう。

ゆっくりと、彼女は弓を動かし始める。前に見た時は気がつかなかったけど、すでに彼女の身体には余計な力が入っているらしくどこかぎこちない。

本来なら夕日を背に世界を彩るはずの音が、不規則で不格好に河川敷に響いた。

何も知らない僕が聴いたら、不協和音だと切って捨てていただろう。事情を知っている身としては、それが日高さんの叫びのようにも聞こえて胸が痛かった。

日高さんは身体を小さく震わせて表情を曇らせる。呼吸が荒くなる中で、彼女は必死に自分自身の中の何かに抗っていた。

僕は立ち上がり、日高さんに近づいて弓を持つ手をそっと押さえる。日暮れ前とはいえ、まだ残暑を感じる季節だ。それなのに彼女の手はやけに冷たくて、僕の胸はさらに締め付けられるように痛んだ。

結果は前と変わらない。当然だ、気合いでどうこうなる問題ではないのだから。

「だめだったね」

日高さんは一度笑って、それから悔しそうに唇を噛《か》んだ。構えを崩して、目を瞑って空を仰《あお》ぐ。

「まだ一回目だろ」

そう、まだ一回目なのだ。

一週間という期限は、あまりにも短い。彼女の精神的な疲労も考えれば、奇跡を起こすほかないんじゃないだろうか。だけど、日高さんは諦めない。だったら、僕が後ろ向きになっていては駄目だ。

日が暮れていく中、日高さんは挑戦を続けた。

祈るように、縋《すが》るようにして。

傍から見れば、不思議な光景だっただろう。この場にいる僕たちだけが、その苦しみの理由を知っていた。

彼女のしていることは、言うなれば過去のトラウマと向き合う行為だ。失ったものと正面から向き合って、どうにかしようと足掻《あが》きながらヴァイオリンを手にしている。

努力の甲斐《かい》虚《むな》しく、この日の日高さんの挑戦は失敗に終わった。日も暮れ、辺りから人気が消えた頃に僕から終わりを告げた。放っておくと、本当に無理をしそうだったから。

彼女は疲労のせいか、半ば放心状態のような顔をしていた。

「今日はもう休みなよ。無理しすぎは逆効果だと思うから」

どうすれば弾けるようになるのか、そのきっかけも僕たちは知らない。

だからとって前のめりになりすぎるのは良くない。そうなれば視野狭窄《きょうさく》に陥《おちい》って、見えるものも見えなくなるだろうし。それに、僕が前を向けるようになったのは変な執着を捨てたからだ。

だからといって、それが日高さんにも通ずるものかはわからない。人には人それぞれの問題があって、解決するのもその人次第だから。

「ごめんね、付き合わせて」

「いいよ、手伝うって言ったし」

「そっか」と日高さんは小さく笑う。表情から申し訳なさが伝わってきた。

「僕に気を使う必要はない。日高さんは自分のことだけ考えていればいいんだ」

会話の間に、日高さんはヴァイオリンをケースにしまう。少し離れた所で寂《さび》し気に光る街灯の明かりが、僕たちをぼんやりと照らしていた。

「藤枝君って、優しいよね」

「……僕が？」

「うん、君はずっと優しかったよ。君が気づいてないだけ」

別に優しさを振りまいた記憶はない。僕は僕がしたいと思ったことをしてきただけだ。それのどこが優しいというのだろう。

「自分でもわかってるんだ、無謀なことしてるって。それでも、私はこれ以上逃げたくないの。変われたんだって、自分を認めたい。変わった私をみずきに見せたいの」

「そうか。僕だって同じだ、結局笑えてないわけだし。焦《あせ》る気持ちはわかるけど、切羽詰まり過ぎても空回るだけだから」

「うん、そうだよね。わかってはいるんだけど、難しいね人間って」

「単純も複雑も紙一重みたいなところあるから」

どうなろうが、結果論でしかないのかもしれない。その結果を望むものにするため、人は尽力する。正解なんて誰にもわからない。わかりきった当たり前のことを、僕は改めて感じていた。

「そろそろ帰ろう、ジュースくらい奢《おご》るよ」

「いや、いいよいいよ。付き合ってもらった上にそんなの、むしろ私が奢るよ」

首と両手を横に振って日高さんは断ってくる。ジュースくらいで大げさな。

「気持ちはありがたいけど、奢ってもらうのは弾けるようになってからの楽しみにしておくよ」

僕は断り返して歩き出す。河川敷を後にし、道中に見つけた自販機で日高さんにジュースを奢った。僕たちはそれを飲みながら、どうすればいいだろうねと語りつつ帰路に就いた。

彼女は結果がどうであれ、一週間後、正確には今週の土曜日に自分の身に起きたことを伝えると言っていた。時間は刻々と迫ってくる。それを止める術はない。

自分の情けない姿を見せることになったとしても、彼女はそうすることを決めたのだ。

僕はただ静かに、それを見守る。


一週間っていうのは過ぎてみれば本当に早いものだ。

過ぎ行く時間に追われているうちに、気づけばみずきとの約束の日である土曜日を迎えた。

毎日、それこそ精神を削って自身の抱えている問題に向き合ってきた彼女だけど、ついぞまともに弾くことは叶《かな》わなかった。

見ているのが辛くなるくらい、彼女は頑張っていた。しかしながら、無情にも結果は出てしまった。現実は、覆らない。

「……君は十分すぎるくらいにやったと思う」

かけられる言葉は見つからない。

最後まで、僕は日高さんの傍で見ていることしかできなかった。

それだけでいいと言われたものの、時間が迫るにつれ何もできない自分の無力さを嘆いた。

少しでも力になれたら、何度そう思ったかわからない。

みずきとの約束は正午。僕たちはそれよりも早くここに集まっていた。

当日、僕は来るつもりはなかったけど、日高さんの頼みでこの場にやってきていた。

「ごめんね、藤枝君。ずっと付き合ってもらったのに、全然進歩しなくて」

「僕に謝る必要なんてないだろ。弾けなくたって君は君なんだ。自信持ったらいいよ」

「……ありがと。そうだよね、どういう結果になったって、それが今の私の精一杯だから」

だから、の後を彼女は言わない。

覚悟はできていると思う。それでも口にしないのは、そうなりたくないと心から願っているからだろう。僕もそう思っているけど、どうなるかを決めるのはあくまで茶屋みずきだ。

「私、最後まで諦めないよ」

「知ってるよ」

僕の知っている日高咲良《さくら》はそういう人だ。だからきっと、今日が決別の日になるかもしれなくても、彼女は尻込みなんてしないのだろう。とっておきの秘策も何もない、素の状態の日高さんでみずきに今までを伝えるのだ。

どう転ぶかなんてやっぱりわからない。結果は結果として受け止めるしかないのだ。そう思うと、僕は立ちあうだけなのにちくちくと胃が痛んだ。

僕たちが話していると、どこか重たい足取りで階段を下る音が聞こえてくる。

足音の正体は言わずもがな、みずきだ。日高さんを見て、そして僕を一瞥《いちべつ》する。

「あんたもいるんだ」

「何か問題でも?」

「いいや、ないよ」

僕には大して興味がないといった様子だった。

相変わらずの目つきの鋭さだ。別にこれから喧嘩《けんか》をするわけでもないのに、彼女の登場で場の空気が冷えていくのを感じた。

そりゃあ、気まずいよな。日高さんにとっても、みずきにとっても。第三者の僕すら感じるこの空気、当人たちにとっては随分と居心地の悪いものだろう。

「あんた、上手くやったんだね。正直無理だと思ってた」

皮肉っぽくみずきは言う。僕もそれに応答する。

「ああ、おかげさまでな」

日高さんは僕とみずきの顔を交互に見る。

「二人とも、案外仲良くなったんだね」

「僕がみずきと?　いや、それほどでもないと思うけど」

「みずき?」

みずきは僕を睨みつける。しまった、よりにもよって今ぼろが出てしまった。

「僕と茶屋さんのことはどうでもいいだろ」

僕は慌てて訂正する。

気をつけていたつもりだったけど、つい下の名前で呼んでしまった。茶屋さんに睨まれると、僕は自然に目を逸らしてしまう。たった三文字の言葉に込められた圧が半端じゃない。

訂正ついでに、話を本筋へと修正する必要がある。

僕は睨まれるために来たわけじゃないし、みずきも皮肉を言いに来たわけじゃない。

こつん、と僕は肘で隣に立つ日高さんの腕を突く。日高さんは僕の顔をちらと見て小さく頷いた。静かに息を吸って、呼びかける。

「あの、みずき」

いくら覚悟を決めたからといって、日高さんがみずきに呼びかける声には、少しばかりの恐れが混じる。それを気取ったのか、みずきは困りつつも表情を柔らかくする。明らかに僕を見る目と日高さんを見る目は違っていた。

「話があるんだよね、咲良。聞かせてよ」

どうやら、みずきの方も覚悟は決まっているみたいだ。

もっとも、みずきがこの話に関して前向きであることを僕は知っている。だからこそ、僕はみずきが真実を知った時のことが気がかりだった。

日高さんは本題を言い出す前に、まずみずきに向けて頭を下げる。

「ごめんね」

静かに日高さんは告げる。

下げられた頭を、みずきは何も言わずに見つめていた。

「みずきを遠ざけたこと、後悔してた。本当は話せば良かったのに、それができなかったのが私の弱さだった。何も言わず急にいなくなって、それなのに今更こんな風《ふう》に呼び出して、ごめん」

後悔の滲んだ声にみずきは表情を曇らせる。言いたいことは募っているのだろう。

それを抑え込んで、みずきは日高さんが続けるのを待った。

「伝えたいことも、謝りたいこともたくさんあるんだけど、まずは見てほしいの」

「見てほしい？」

「そう、今の私を」

みずきは急な話の展開に眉《まゆ》をひそめる。

これから彼女が目にするものの予想がつかないのだろう。

それもそうだ、みずきは何も知らないのだから。

早速、日高さんはケースからヴァイオリンを取り出す。久しぶりに彼女がヴァイオリンを手にしたところを見たのだろう。みずきはお化けでも見るような目で日高さんの挙動を注視していた。嬉しさと寂しさと懐かしさが入り混じったような、そんな表情だ。

日高さんはいつもの通り、すらっと伸びた姿勢でヴァイオリンを構える。僕にとってはもう見慣れた姿だが、何度見てもその姿は綺麗《きれい》だと思えた。

そして日高さんは僕の方へと一度視線を向ける。僕は大丈夫だ、という励ましを頷くことで伝える。

「見ていてね」

芯《しん》のある、強い声だった。そうして日高さんは深呼吸をして、視線を手元に落とす。じっと、動かないまま景色は固まる。緊張しているのか、日高さんは少しだけ肩を上下に揺らして息をしている。僕はその姿を見て、ただ祈ることしかできない。頼む、頼む、と心の中で呟《つぶや》く。どうか、上手くいきますように。

みずきはその姿を不思議そうに見ていた。知らなければ、何が起こっているのか理解できないだろう。

「ねえ、どうして弾かないの」

しびれを切らしたのか、みずきは現状の説明を求める。

「静かに」

僕はみずきを抑える。日高さんの心の内では色々なものが渦巻いているのだろう。自分のタイミングで、弾き始めるのが良い。

少しして、日高さんはゆっくりと動き出した。ぎこちなく動く腕に、視線は集まる。

いつもと違う、静かな音だった。穏やかに囁《ささや》くような音が鳴り、僕は驚く。一瞬心臓が跳ね上がった気がした。もしかしたら、を僕は待つ。

しかしながら、初めの音だけがまともに鳴ったものの、その先はいつもの聴きなれた不格好なメロディーだった。それでも僕は、ここに来て確かな進展を見せた日高さんの姿に小さな感動を覚えていた。

僕とは対照的に、みずきは目を見開いて日高さんのことを見ていた。驚くのも仕方ない、みずきの知る日高さんの姿とは、かけ離れているはずだ。

日高さんは額に汗を浮かばせながら、必死に音楽にならない音を奏で続ける。彼女の身体は苦しそうに震える。それでも、今日は弾くことを止めようとしなかった。

その姿を見るや否や、みずきは日高さんの下へ駆け寄り、その肩を摑《つか》む。

「ちょっと、どうしたの咲良！　大丈夫？」

肩を摑まれたことで構えを崩した日高さんは、みずきに向けて申し訳なさそうに笑みを浮かべた。みずきは血の気が引いたのか、青白い顔をして日高さんのことを離さない。

「咲良、あんたもしかして」

「うん、黙っててごめんね」

お互いが、お互いを慮《おもんぱか》った結果が今を生んでいる。

二人とも自分の内側に罪悪感が溢《あふ》れているはずだ。ずっと隠していた日高さんと、追いかけることを諦めたみずき。互いに言いたいことは山程あるだろう。止まっていた時間が溶け出すように、二人は言葉を紡《つむ》ぐ。

「……ごめん、ごめんね咲良」

言葉が気持ちに追いつかないのだろう。みずきはただ、わなわなと震えながら謝っていた。

「どうしてみずきが謝るの？」

日高さんは困惑した様子で言った。

「だって、あの時私がもっとちゃんと咲良と向き合っていたら……」

「そんなの、私が悪いんだよ。私が何も言わず離れていったから」

「でも……」

日高さんの肩に置いた手からは力が抜けていく。それを見て、日高さんは静かに語りだした。

「私ね、本当は嬉しかったんだよ。みずきがずっと声をかけてくれていたこと。嬉しくて、やっぱりみずきのこと好きだなって。だからこそこんなふうになった私を見せたくなかったんだ。それに、弾けなくなったって言ったらみずきに失望されちゃうかもって、怖かったの」

「失望って……。そんなこと気にせずに言ってくれたら良かったのに。でも、私が咲良にそうさせてたんだよね。本当にごめん。全部私が弱いから、咲良をそんな辛《つら》い気持ちに」

二人の声は次第に消え入るように小さくなっていく。お互いが少し俯《うつむ》いて、河川敷で僕たちの周りだけが世界から切り取られたように音が消えていく。

じっと見つめているのもなんだと思って、僕は少しだけ目を逸《そ》らす。

河川敷の緩やかな斜面に座り、空に浮かぶ雲に視線を移した。ゆっくりと流れていく雲は、まるで空を自由に泳ぐ魚のようにも見える。

僕の出る幕は、もうない。

あとは放っておいても自分たちでどうにかするだろう。なんて、この結果になったのも全て日高さんが選んだからこそだ。端《はな》から僕なんて何もしていない。

彼女は自分の足でこれからの一歩を踏み出し、見事に壁を乗り越えた。

「言っておくけど、私は咲良に失望なんてしないから。弾けなくたって、咲良は咲良だよ。上手く弾けなくなったのは残念だけど、それとこれとは別。私はヴァイオリンを弾く咲良じゃなくて、あんた自身が好きなの。友達でいたかったの」

だから、と呟いてみずきは日高さんをそっと抱きしめる。今度は優しく、寄り添うように。

「許してくれるの？」

日高さんは耳を赤くして言う。言葉にしきれない感情が溢れだしていた。

「許すも何も、お互い様だよこんなの」

「ごめんね、ごめんねみずき」

「わかってるよ」

涙ぐんだ声で、二人は言い合う。抱きしめる腕にも力が入ってきたようで、日高さんは嬉し

そうな顔で困る。

そんな彼女らの様子を、通りすがる人たちは不思議そうな顔で見ていた。傍にいる僕は視線が気恥ずかしかったけど、二人は一切《いっさい》気にすることなく抱き合っていた。

「おかえり、咲良」

自分の言葉に、みずきの目からは堪えていたものが溢れ出す。大粒の涙が頰《ほお》を伝って、みずきはぐすぐすと日高さんの首元に顔を埋めている。

一連のやり取りを見て、やっぱりみずきは良い人なんだろうな、と僕は思った。まあ、日高さんの友人に悪い人なんていないだろう。

清々《すがすが》しい空の下繰り広げられる青春模様に、僕の心は穏やかさに満ちていた。

僕の日常も、随分と鮮やかに色づいてしまったものだ。

それもこれも、たった一つの出会いがきっかけになっている。

僕の下に訪れたそれは、様々な偶然が重なり合った結果でしかない。偶然によって僕たちは出会った。そこに必然性はない。たまたま、あの図書館に僕と日高さんがいただけだ。

ただ、出会ってから起きた物語は、全て僕たちの選択がもたらしたものだ。

僕たちがもがいて、足掻いて、迷い悩みながら選び取ったもので、その手で掴み取ったものなのだ。だからこそ、僕はこの関係が偽物じゃないことを確信している。

自分のことを信じることは、一人では難しい。

でも、二人なら。日高さんと一緒なら。

僕は不確かなものさえ怖くないと思えた。

彼女と一緒なら、正しくても、間違っていても、きっと上手くやっていける、そう思えた。


両手と身動きを封じられた日高さんと目が合って、彼女は僕に微笑《ほほえ》みかけてくる。

何よりも、誰よりも、僕にとってかけがえのないものがそこにある。

いつまでそれを見ていられることができるのかはわからない。

たった十六年しか生きていない僕が言うのもなんだけど、人生は長い。その中で幾度となく出会いと別れを繰り返していくわけだから、僕と日高さんの関係がいつまでも続く保証はない。

だからこそ、僕はそれを失わないように、忘れないように、この目に焼き付けておかなくてはならないのだ。


眩《まぶ》しい空を見上げれば、真《ま》っ青《さお》なキャンバスに一筋のひこうき雲が白く長い線を描く。どこまでも続いているように見えるそれは、途切れることなく広大な空に色を加えていた。

僕は笑えないから日高さんと出会えて、今こうして小説というやりたいことを見つけることができた。色んなことを諦めていた自分を、変えることができた。

笑えなくなったことが今をもたらしたのなら、僕はそれに感謝をすると同時に、いつまでも囚《とら》われているわけにもいかない。

そして、感謝をするなら日高さんにも。

彼女もこれから、彼女なりに前に進んでいくのだろう。

僕もそれを隣で見ていたい、と切に願う。

花火大会の日に見た二匹の蛍のように、互いに寄り添いあえる関係になれたら。

そうなりたいから、僕はしっかりと今を見なければいけない。空想の町に逃げたくなることが、これからもあるかもしれないけど、やっぱり僕は日高さんのいるこの世界にいたいと願うだろう。

だから、あの頃の僕の理想は物語の世界で生きてもらう。あれも含めて、僕なのだから。

僕は僕にしかなれない。

だからこそ、僕はありのままの今の自分を認められるようになりたい。

笑えない僕と、弾けなくなった日高さんがこれから何者になっていくのか。

これからの僕たちは、今の自分たちでつくっていく。

肩に顔を埋めて泣くみずきにそっと寄り添うように、日高さんは優しく頬を寄せた。慈愛に満ちたその表情には、日高さんの優しく温かい心が表れていた。

そしてその目は再び僕に向けられる。

日高さんは何かに気がついたように、その目を真ん丸に見開いて言った。

「藤枝君、今笑った？」

あとがき

初めまして、伊尾微《いおかすか》です。

この度は「あおとさくら」を手に取っていただき、ありがとうございます！

突然ですが、デビュー作となる今作を書くにあたって、一番の資料は学生時代の記憶だったと思います。

あることないことを思い出しながら、何年も話していない友人に連絡を飛ばしてみたりしていました。昔話をしつつ、当時の感覚を思い出しながらの執筆だったと思います。

へえ、伊尾微は「あおとさくら」みたいな青春を過ごしていたのか、けしからんな。

いえ、そんなわけはありません。残念なことではありますがそんな記憶は僕にはありません。ですが、だからこそ今の自分はこうして小説を書けているんだろうなと思っています。もしそういった時間を過ごせたら、と考えるのは読み手も書き手も等しく同じでしょう。

とはいえ、やっぱり青春っていうものはいいものですよね。過ぎてしまった時間は頭の中でこねくり回すしかできません。

こねくり回しまくったこの作品ではありますが、読んでいただける方に少しでも楽しい時間を過ごしていただければ嬉《うれ》しいです。

以下、謝辞を。

椎名《しいな》くろ先生。

拝見する度に「良い……」と言葉を漏《も》らしてしまうくらい素敵なイラストの数々をありがとうございます！　それぞれのキャラクターの解像度の高さに驚いて、ラノベ書いて良かったな～と思いました。ありがとうございます！

担当編集のぬるさん。

繰り返される改稿の中で確実に一歩ずつ前に進んでいるぞ、と感じながら書くことができたのは、的確なご指摘のおかげだと思います。ありがとうございました。途中から使用するスタンプが増えたのが微笑《ほほえ》ましかったです（笑）

第十四回GA文庫大賞の選考に携わっていただいた皆様、そして出版に際して、ご尽力いただいた関係者の皆様にも深く御礼申し上げます。

それから読者の皆様。数々の本がある中で「あおとさくら」を手に取っていただきありがとうございました！　これからも何卒《なにとぞ》、よろしくお願い致します！

それでは、また次の巻でお会いできることを願って。

本当にありがとうございました！

ファンレター、作品の
ご感想をお待ちしています

〈あて先〉

〒106－0032
東京都港区六本木2－4－5
SBクリエイティブ（株）
GA文庫編集部 気付

「伊尾 微先生」係
「椎名くろ先生」係

本書に関するご意見・ご感想は
右のQRコードよりお寄せください。

※アクセスの際や登録時に発生する通信費等はご負担ください。

https://ga.sbcr.jp/

あおとさくら

発　行　　2022年7月31日　初版第一刷発行

著　者　　伊尾　微
発行人　　小川　淳

発行所　　SBクリエイティブ株式会社
〒106−0032
東京都港区六本木2−4−5
電話　03−5549−1201
　　　03−5549−1167（編集）
装　丁　　AFTERGLOW

印刷・製本　中央精版印刷株式会社

ISBN978-4-8156-1628-1
Printed in Japan　GA 文庫